致青春
中国青少年成长书系
LI·JUO·TO CHINESE YOUNG ADULT SERIES

回到月球表面

李文汉◎著

中国大百科全书出版社

知识出版社

图书在版编目（ＣＩＰ）数据

回到月球表面 / 李文汉著. -- 北京 ： 知识出版社，
2020.9

（致青春·中国青少年成长书系）

ISBN 978-7-5215-0221-3

Ⅰ．①回… Ⅱ．①李… Ⅲ．①幻想小说-中国-当代
Ⅳ．①I247.5

中国版本图书馆CIP数据核字(2020)第143876号

回到月球表面　李文汉 著

出 版 人	姜钦云	
责任编辑	易晓燕	
装帧设计	张　婷	
出版发行	知识出版社	
地　　址	北京市西城区阜成门北大街17号	
邮　　编	100037	
电　　话	010-88390659	
印　　刷	阳谷毕升印务有限公司	
开　　本	660mm×930mm　1/16	
印　　张	17	
字　　数	150千字	
版　　次	2020年9月第1版	
印　　次	2021年1月第1次印刷	
书　　号	ISBN 978-7-5215-0221-3	
定　　价	45.00元	

回到月球表面 目录

说实话，都这个年代了，巨城停电还真是一件稀奇的事，而且一停，还是半个城区。

人群从地铁站和轻轨站涌到街道上，店铺内外有许多人忙里忙外，整个街区一下就乱成一团。有人担心家里冰箱冷藏的食物解冻了，有人沮丧难得抢到门票的演唱会被取消了，有人只是烦躁没有电脑可以玩了。后来据不完全统计，这一天晚上一共发生了六十一起规模不大的家庭火灾。所幸的是没有人员伤亡。

马路上此起彼伏的鸣笛声越来越少。没有了红绿灯的指引，车流渐渐停滞。有很多人下了车，靠着车张望。

皎洁的月光透过建筑间空隙挥洒在大地上，一时间街道上宛若洒满了盐。不少人忽然想起儿时在故乡乘凉时，爷爷奶奶带自己赏月的情景。

城市外围静谧的小山坡上，一栋别墅的楼顶悄然亮起两点烛光。

"今晚月色真美。"

安远举了举杯，将杯中桃红色的酒一饮而尽。月色下，残留着酒渍的高脚玻璃杯折射出美妙的光泽。

"确实是一个好日子，让我们碰上了停电。这正是赏月的好日子。"吴妍笑了，也小抿了一口。

因为停电，城区杂乱的霓虹灯悄然退场，天空中高悬的月亮的银辉显得更加清亮美丽。

"多亏你准备了蜡烛，这么说来，我们已经很久没吃烛光晚餐了。"

"还不是你天天忙于工作，这个家连旅店都不如。更气的是有时候你连家都懒得回，直接就睡在办公室里，还是你同事……"

"唉，好了，就此打住。那都是过去嘛，我这不是回来了吗？"安远打断她说，"来，尝尝我煎的牛排。""嗯……"吴妍切了一小块细细嚼着，但其实她还是吃不惯这些西方的东西。"还不错，有点长进。"

"这可是我专门叫人从日本带回来的A5神户牛排。我还给安生留了一份。"安远得意地说。

"就凭这个你也想收买我，还是改改习惯多回家吃饭比较好。"吴妍并不买他的账，瀑布般的长发在月光和烛光交映下透出一种少见的金辉。

"难得一次，今天就别说往事了。况且，我以后可能回来的机会更少了，"安远把酒倒到满出来，一口气喝完，咂了一下嘴，"最近项目建设完成了，我作为代表，要上去指挥。"

"你是说先驱计划吗？没想到这么快就完工了。"她停下了手中的动作，这时她正切到一处难以切断的筋。

　　十五年前国际上的航天大国联合成立了月球矿物协会，月球丰富的矿藏被纳入人类的考虑范围之内，各类方案被人们搬上台面。其中首先被认可并批准实施的是安远团队主导的先驱计划，计划的首要目标是获取月球上丰富的核燃料氦-3。

　　"我知道我这样对家里很不负责任，好在安生也大了，他可以照顾好自己。我和上面讲好了，他们会让我和你们保持通信的。"

　　"我不是这个意思，我只是感觉，你对安生……"吴妍顿了顿，"你真应该去看看你儿子的毕业典礼。"

　　"后天吗？可是，飞船是明天早上的那班，或许是赶不上了。协会给的指示是越早越好，这个项目已经耗费了太多人力物力了，要拿出点成果给他们看看。"

　　"那家里呢？你不拿出点成果给你儿子看看吗？"

　　"使用开矿仪这件事除了我，谁也做不了，仪器是我发明的，计划是我提出的，我必须对团队负责。"

　　"安生还是你的儿子，你就不用对他负责吗？月球对你来说，真的比安生重要？"吴妍说得很慢。

　　"能源危机越来越严重了，"安远说到这儿停了下来，"我相信他会理解我的。"

　　"……"

　　"我会尽早回来，等一切都进入正轨，我一定和你们吃一次像样的晚餐。"

　　吴妍刚想说什么，又咽了回去。她想起来眼前的人是难以说服的，以他的身份，或许就连他自己也不能左右现在的生活了，他已经和太多事情联系在一起了。

吴妍把头扭向一边，但还是走过去抱住了安远，就像二十年前的那个少女舍不得喜欢的人毕业一样。晚风中的她选择无条件地相信自己搂着的这个人，因为当时的自己也是这么搂着要毕业的安远。二十年了，当时的每一个细节吴妍都还记得很清楚。有些记忆就是这样，像是一面永不褪色的镜子，照出自己遥远的过去。

安远感受着怀中人的体温，无言中一切话语都在缓缓流淌着。他不知道刚刚自己为什么要一口气把红酒全部喝完，大概只是一时兴起，又或许是因为自己的预感——这以后会有很长一段时间都不能和她一起喝酒了。

第一章

巨城

给安生感受最大的，其实还是夜晚变暗了不少。是那种暗得毫无希望的样子。

田野里萤火虫漫无目的地飞行着，漂亮的荧光在漆黑的夜空中划出一道道星痕。已经入秋了，这个夜晚没有星星，浓厚的乌云笼罩着沉默的大地，远远地从东边翻滚过来，乌黑高耸的云层里电光闪烁，云塔像是一座座高耸的山峰一般。

看这状况大气的电离现象越来越严重了，一场暴雨看来是不可避免的。"如果暴雨下到这边来就麻烦了，回家又要让家里人担心了。"安生心想。虽然家里只有一个人会担心他。

回家还是需要一些时间的，他估摸着自己所在的这片荒地应该有十几年没有人来过了。这里距离最近的巨城，也就是安生家所在的 023 号巨城应该还有九百公里。

安生蹲下捻了一把灰土放在手心揉搓，土地盐碱化严重的迹象表明自己应该在原先华北平原的中部地区。坐飞机回去不过几十分钟的时间，可是在暴雨到达之前，他还想再坐一会儿。

其实出了城到处都是这样的地方，方圆几百公里都是这样荒芜又毫无新意。他是为了躲避巨城的光芒才跑这么远的。

事实上，如今世界上绝大多数发达地区都被这样的荒野包围着。对于当今人们来说，陆地上除了像巨城那样的城市，就是安生现在所处的荒野。

因为资源开采能力的提高，过去近一百年来城市的规划变得越来越大型化。不单单是平面上的大型化，立体的设计使得单位面积上容纳更多人生活成为现实。

随着人们不断打造趋于完备的生活服务设施，城市在不断地膨胀，能够满足人类各类需求的巨型城市出现在每一个大陆上。因其规模巨大，所以人们称之为"巨城"，并用数字对其进行编号。安生居住的023号巨城就位于原来的上海。

与此同时，国家合并趋于平常化，几个较大邦联制国家的出现标志着政治多极化的形成。023号巨城就隶属于名为日出联合的邦联制国家旗下。稳定的时代下，人们无不感叹眼下的富足生活，庆幸于巨城的诞生，一时间许多人类学家甚至预言乌托邦时代的到来。

当然安生并不这么认为，因为他晚生了那么几十年。

巨城的建设耗费了太多自然资源，先前开发时造成的生态破坏席卷全球，虽然资源的储量暂时并不成问题，但是未来巨城的建设仍需要大量资源的支撑。不过那还是未来的事，乐观主义告诉人们未来会有办法的。

但是环境问题是直接关系到生活的。

为了维持巨城内部的环境稳定，规模宏大的防护工程终于在政府组织下竣工，城内外的生态系统被隔离开来。但这时人们才惊觉完工后光是用于维持全球的巨城日常运行的能耗就大得吓人，一年一年算下来，考虑到新建的巨城，预计再过三代，人类就要滚回自己创造出的大片荒野里啃草根了。当然那个时候地球上还有没有野生草根是另外一回事。

伴随着巨城的崛起，地球上这样杂草丛生、荒无人烟的地带像洪水一样蔓延，讽刺的是科技越是发达，这样的现象就越严重。代表性的草黄色成为荒芜的象征，多少人曾经的家园就任凭时间啃食。巨城里的人们并不关心那些曾经的故居如何如何，几代人的迁移已经将人们的乡土观念打磨得很薄了，如今大部分人只关心自己的生存和月球。

从卫星拍摄的照片可以看到，地球北半球不再像之前那样灯火连片，取而代之的是一个又一个不断成长的"巨兽"，"巨兽"集聚了这颗星球上的大部分光芒。坚守在传统城市的人们慢慢都选择来到这样的巨城生活。

安生沿着一条野草丛生的马路向飞机走去，大概是紧急时候才会使用的道路。巨城之间的交通线路以管道交通的方式全部建在地下，地表基本上是没有什么人行走的，倒也不用担心交通安全问题，安生的飞机就停在这样一条马路上。

他知道，如果沿着这条路走一定可以到一个灯火通明的巨城，那里的人会把他送回自己母亲的身边。可是他不想去巨城，他确实是这么想的。自己要去哪里，在做什么，甚至于在想什么，安生都难以从一团乱麻中整理出来。

一望无际的大地上长满了一人高的杂草，风速变大导致乔木难以存活，当然也有很多地方是连草都长不起来的。

是为了能源，那家伙才走的。

真是一个该死的时代。

先驱计划已经启动两周了，母亲在家里时常会对着月亮偷偷抹一下眼泪，每当这个时候安生就觉得有一种无力感扼住了自己的咽喉，不禁对这个世界生烦。如果没有巨城，母亲就没必要为那个不顾家庭的人哭泣了。

安生继续往前走，忽然天边有一簇刺眼的光照亮了整片荒地，轰鸣声隐隐约约地从远处传来。最近月球上发射得很频繁，那家伙在上面倒是弄得有滋有味的。他连自己孩子的毕业典礼都没有参加，安生费心写好的论文也只是被他搁置在一边不予理睬，一想到这些安生就有些喘不过气来。

有一瞬安生还以为是月亮出来了，他不禁暗笑自己蠢。

是不是本来就看不到月亮？

今天是农历初一。安生记起中学时地理老师说过，月初的新月是与太阳同升同落的，自然是看不到了。可惜了自己兴致勃勃，逃了演讲跑出来，结果只是白跑一趟。

生活里有太多东西都是白忙活。寻找不到有意义的事情，于自己而言，其实和不做没有什么区别。

快要走到停在路上的飞机那儿了。黑暗中机翼两侧的红色信号灯透出神秘的气氛。他边走边在心里想着应付母亲的说辞，其实他知道说不说母亲都不会责怪自己的。

只是另一边比较麻烦。毕竟是有关月球大学的演讲，主要来宾都是学校里最高层的领导，他这个"热点人物"不出场，着实是不给学校面子。

不过又有什么关系呢？

国际上剑拔弩张的形势也和自己无关。那个什么联合总是和月球矿物协会作对，可是双方到底存在哪些分歧安生也不清楚。噢，他想起来了，叫罗巴联合，成立于西欧大陆上的一个邦联。

月球矿物协会会长表示，为了保障能源市场日益增长的需求，将会进一步加大先驱计划的开采规模。这个消息对安生来说倒是有一点影响的，因为自己的母亲总是事无巨细地关注着先驱计划的开展。

安生调整好自己的座椅，刚关上飞机的舱门，暴雨就猛烈地倾倒下来。雨滴敲打机身的闷响给机舱内添了几分惬意，他不知为何想起之前看到的一段话。

"何为思念？日月，星辰，旷野雨落。"

如果没有这场旷野雨落，这个看不见日月和星辰的夜晚，一点也不满足那段话中思念的条件。

安生刚刚偷乐自己的小发现，驾驶盘旁的屏幕就亮起来了。看着来电显示，他不禁心里一颤，真是想什么来什么。虽然今天看不见新月，但是自己的月亮还是在的。

是望舒打来的。

他深吸了一口气，按下了接通键。

"你还好吗？"屏幕对面的望舒显然是偷偷溜出会场和他通话的，会场里校长厚重的嗓音依稀传来，原本这时候应该正轮到他发表演讲。

"啊，我没什么事的，不用担心我的。"安生赶忙回答道。

"说什么没事呢？你的发型都乱了。"望舒一本正经地说。

"我刚刚去吹了会儿风，很快就会回去。"安生忍不住笑了，是望舒的风格。换作其他人，估计早就开始责备他了，些许开心渐渐弥漫在他的心头。

"你干吗傻笑？"望舒有些惊讶，感觉毕业典礼以来一直就没有见他笑过，"朋友们都很担心你。"

"朋友吗……"安生眼中掠过一瞬的黯淡，"我明白了，二十分钟后老地方见。"

"嗯，我去帮你善后吧，不然学校可能会找你麻烦。"

"谢谢啦，等会儿回去带你吃可丽饼。"

"真的吗？那待会儿见。"望舒带着笑意挂断电话，不由得松了口气。她整理了一下被风吹乱的发梢就往会场走去。

其实望舒也记不清楚是什么时候了，大概是从高中的某一天开始，安生就总是对别人摆出一副不苟言笑的样子。虽然自己不算在"别人"的范畴里，但是他确实没有以前开朗了。

要想办法让他开心，第一步就是把他从图书馆里拉出来，这样至少他就不会一个人闷着了。但是前面几次都失败了，可能还是不能那么着急。望舒正这么想着走上两栋摩天大楼间的架空桥廊，迎面走来一个熟悉的身影。

"哟，没想到素来安分的望大小姐也会在这么隆重的场合偷偷溜出来玩，被抓到可是要被开除的哦。"来者做出一副仆人的样子，闪到路旁标准地深深鞠了一躬。

确实，和月球矿物协会一起创办的月球大学作为全世界关注的焦点，短短十五年内就成为首屈一指的顶尖学院，其校规向来十分严格。不过"开学典礼上缺席要被开除"这样奇怪的规定连望舒也不清楚。

"这么说来，你见到安生了？"来者直起身子来。

望舒本想扭头就走，可是听到安生的名字便停住了脚步。

"哎，难道你也是出来找安生的？"

"是……是又怎样？"眼前这个叫沙华的家伙是安生的高中同学，没想到居然会在这里碰见他。他还是和以前一样烦人，要不是和安生的关系比较好，望舒可能都不会搭理他。

"不用找了，安生被墨丘利老师叫去实验室了。"望舒想起前不久闺蜜还在被他死缠烂打地追求，此刻她只想尽快摆脱这个黏人的家伙。

"是这样吗？可是我刚刚还看见墨丘利老师在会场里演讲来着。"沙华不怀好意地笑了，"望大小姐莫非在隐藏什么不可告人的……"

"安生是一个人去的。况且人家是过去做实验的。"望舒得意地笑了一下，"老师放心他，不一起去也很正常，不像某人去做个实验还可以把实验室炸个大洞。"

"别这么说嘛，做实验肯定有失败的时候。"沙华靠在长廊的大理石扶手上，摆摆手无奈地说，"况且我刚刚过来的时候看见老师的实验室里灯是灭的。

"那可能是已经做完实验了。"望舒心想这家伙怎么这么烦，再这样下去就麻烦了，"好了，我要回会场了。"

"唉，其实墨丘利老师演讲完就回实验室了，而且只有他一个人在那里。"

"你……"

"我就知道安生肯定跑出去玩了，对不对？"

"不对！"安生的声音忽然从望舒身后传来，他走过来挡在了望舒前面，"我刚刚确实是在实验室里，只不过你没看到我而已。"

"哇！老兄你可算回来了。刚刚你没去演讲老师们都气得不行，那个教数学的老师，都要抄家伙来找你了，不过好在校长亲自出面……"沙华一见到他就滔滔不绝地说起来。

"行了行了，我没兴趣，下次再说。"安生对着他摆摆手，拉上望舒转身就走，低头小声对她说道，"下次遇见他别和他废话，他就是想找个女生唠嗑。"

"噢……知道了。"望舒还没有从突然出现的安生身上反应过来，"我本来是想去天台那等你的，没想到……"

"没关系，又不是什么大事。"安生的语气有些低沉，望舒觉得他大概是还没有从独处的情绪里脱离出来。

两人丢下待在原地发牢骚的沙华，穿过学院内几座主要的桥廊，来到了学院右翼的一个入校大厅。作为全球少有的空中学院入口，这里除了富丽堂皇的欧式设计穹顶外，一连串连成弧形的电梯门也令人瞠目结舌。

大厅另一侧落地玻璃窗外就是数百米的高空。放眼望去，密密麻麻的轨道组成了钢铁丛林藤蔓部分，五彩斑斓的全息投影和霓虹灯交替放映着广告。安生带着望舒进了一间直通下层区的电梯，选中了一个望舒从来没有去过的层数。

"话说回来，你怎么知道我说你去了墨丘利老师那里？"待电梯内静下来，望舒才不解地问。

"很简单。"安生顿了顿，"你觉得呢？"

"我觉得这是我们默契的表现，嘻嘻。"望舒把手背在身后，向前倾着身子笑着看向安生。

"其实是因为你每一次都这么说。"安生说。

"也是。"他的回答让望舒有些失落。

安生察觉到她忽然不讲话了，气氛渐渐凝固下来，只听得见细微的电梯滑动声。他原本就有些浮躁的心情让大脑变得混乱不堪，潜意识里他告诉自己这样下去不行。

安生一言不发，整理着心绪，如果不这样做他甚至都不能心平气和地和别人交谈，只是最近这样的时间越发多了。终于，在踏出电梯之前，他又把注意力转回到望舒身上。

"对了，去吃可丽饼吧，我找到的一家味道超棒的。"安生偷偷看向身边的望舒。晚风吹拂下，她明月般的脸旁飘动着黑色锦缎一样的长发。

"你又不吃，你怎么知道好吃的？"

"哎呀，反正就是，好吃就对了。"

望舒察觉到了他的目光，四目相对之际两人都赶忙躲开对方的视线。

"还不是以前的老样子……"望舒小声嘀咕道。

"什么？"安生闻声而问。

"没事没事。"

"到了，就是这家店。"不知不觉他们已经走了很远了，按刚刚坐电梯的时间来看，虽然不能确定具体的功能区，但至少不在学校范围里了。巨城里有些区域的界线并不是很清晰。

不知道是不是疲倦的缘故，竟然有一瞬安生感觉眼前的店铺像极了和望舒一起去过的那家店。不过那个地方如今早已沦为荒野里的背景了。

在饮食习惯变化巨大的巨城里，因为融合了各个地方的人群，外加机械养殖的运用，食物的风味变得单调起来。很多食材都是人工合成的，比如用动物干细胞培育的"牛肉"。这样的情况下大部分传统的食物都已经改头换面，保持着原来食材和做法的食物少之又少。

这家店的鲜奶油可丽饼还保留着传统做法实属不易，安生托朋友找了好几周才在下层区这条不起眼的小街找到。老板是一位快要退休的白发老人，听说他坚持了几十年的传统做法，在这一带小有名气。至于他是如何在这个时代学到传统手艺，又为何在这里开店就无人知晓了。

安生看着老板熟练地往煎好的饼皮上挤打好的鲜奶油，撒上芒果、蜜桃、草莓之类的水果碎，铺上热融的黄油，再撒下雪花一样的白糖，一个可丽饼就完成了。他接过热乎的可丽饼递给望舒，看着她像小猫一样吃了一小口。

"我说安生，你从刚刚开始就一脸严肃的样子，想起什么了吗？"

"嗯。"安生说，"我在想，如果能再带你吃一次那家店的可丽饼就好了。"

"小学门口那家吗？"

"是啊，我觉得那家的可丽饼一定比这家好吃。"

"其实我吧，只要吃可丽饼的时候有你在就好了。"望舒刚刚咽了一大口芒果下去，又绽放开了笑容。一瞬间安生看到月光在她眼里闪烁。

第二章

基地

"欢迎回家，安远博士。"电子化的女声随着舱门打开而响起，安远大步迈进房间，房间里很大一部分空间都被一个巨大的机器占据了，一旁摆了一套钛合金的桌椅。

"人类都发展人工智能上百年了，机器人说来说去总是这句话'欢迎回家'。"安远模仿着机器人的声音，叹了口气，"况且这也不是我的家。"

"现在改也不迟，博士，是否要重新设置欢迎语音？"

"我觉得全部都改了好，换上一个有意思点的，特别是欢迎语，越长越好。"其实他倒不是真的不喜欢这个语音，他只是不想在月球上听着同一个机械语音发霉而已。

"正在加载幽默组件，请稍等……"

安远走到那张桌前，上面只有一台小机器和一个相框，相框里的吴妍还是那么年轻，安生似乎也是永远长不大的样子。

唯有镜面映出的自己显得这么衰老不堪。登上月球以后，安远的脑中总是闪现临别前吴妍抽泣的场景，晚风萧瑟中尖牙撕咬般的刺痛感压迫着他执着的心，那天夜空中的圆月总像是在看着他一样。

如今他来到少年时曾日思夜想的月球上，或许也算是一种逃避。这颗星球带给他最大的感受只有寂静，只要一个人走出基地，坐在粗糙的月壤上，他眼前皆是苍白之景，高耸的山峰以不可思议的方式矗立在平原上，仰头才能在深邃的黑暗中看到地球平静地在宇宙中运行。关掉通讯器，他的喘息声在耳边由浅入深，血液从心脏涌向全身。收缩，膨胀，似乎只有这样才是生命永恒的主题。

"要是就这么死去倒也不赖。"安远苦笑了一下，都已经是这么大的人了，竟然还会冒出这么天真的想法。地球上除了吴妍和安生盼着他归来外，还有很多人在等着他，不，准确地说那些人是在等着他送回去的氦-3。在他们眼中，能源是和希望等价的东西。

安远回过神来，叹了一口气，在眼前的小机器顶部按了一下。一阵嗡嗡声后，一杯咖啡从侧面打开的小门送了出来，香气瞬间就弥漫开来。他迫不及待地捧起来尝了一口，终于舒展了眉头。看来不管到了什么时代，咖啡都是缓解心情的绝佳选择。"幽默组件加载成功。"广播中传来的声音打断了安远的惬意时刻，那语音不但变成了男声，就连语气都像是刚刚喝完酒掏心窝子的兄弟一样，"镜头里的博士怎么一脸严肃，听我说两句。这人生苦短，活着的时候还是要快乐一点。就现在这年代，说不定哪天地球上的人们为了能源开战了，我们就只能留在这里成为第一代月球人了。"

"啧，怎么感觉这个人这么找打，看来还要再修正一下。"安远的眉头又锁起来，这个说话滔滔不绝的机器人让他想到自己以前的一个老朋友。

"我可是您亲自开发的第三代泛用性月球助理人工智能系统，不想听我说话真是太可惜了，我特地找到了隐藏起来的沙澄的语言包，没想到你居然这个态度，资料上显示你们关系很好来着……"

"够了，再说一句把你关掉。话说资料怎么还留着？我以为我都删干净了。"安远心想果然是他的声音，难怪那么熟悉。这么多年没见了，一想起他的眼神，安远依旧会感到心寒。

"唉唉，等等，先别关闭系统，有新消息……"

"投出来看看。"

从天花板上探出几个摄像头一样的装置，随之光幕中一个青蓝色的画面被投影出来。

"计划初步进展顺利，在社会上取得了良好反响。此外，请安远博士迅速进行连接，距离开采行动预计的启动时间已经过去了 2 分 33 秒，委员会对此表示不满。"

投影里的倒计时数字已经变成了负数，还不断在跳动。消息的最底下还附上了一篇报道。大标题写着："第一批运回地球的氦 -3 投入使用，月矿协会会长于世界广场发表演讲。"报道的半个版面放上了月球基地和氦 -3 提纯装置的照片，除此之外就是来自各界的受访者对先驱计划的高度赞赏。

看来那群老家伙是真的着急了，安远估计那些等着后续采访计划的媒体就差飞上月球来找人了。

他一口气喝完了咖啡，在那个巨大的靠椅上躺下。一旁机械臂递过来一个连接着数条手臂粗细电缆的头盔，电缆顶部的处理器密密麻麻地闪着红光。

他熟练地把头盔带上，心里默数着三个数"三……二……一……"

一瞬间大脑一片空白，伴随一阵强烈的失重感，安远意识到外部世界难以再被自己感知。安远像是进入到了另外一个世界，自己就好像是飘浮在空中，但又没有鸟的自由感。他看到的是一片黑暗，就像没有星星的夜空，当然也没有月亮。

此时此刻安远的意识正在一点一点地流进一个巨大的数据库中，换言之就是在与月球上的开矿仪相连。他开发了这种把人的大脑神经连接到开矿仪中的方法，可以凭一己之力调控整个月球基地的设备开矿，大大提高了采集月壤的效率，而这也是先驱计划得以实施的关键。

在量子计算机的帮助下，安远连接在开矿仪中的大脑使用率被极大程度地提高了，调控速度超过了当代所有的人工智能。但因为对连接者的要求严格和耗资巨大，这项技术难以得到普及。根本原因还是这套系统的操作问题，将大脑与计算机相连需要有很高的契合度，而一开始这套系统的各种参数就是安远的开发团队设定的。某种意义上来说，这套系统是专门为安远本人打造的，其他人根本连尝试都不想尝试，毕竟与其挂钩的可是自己的大脑，说不定哪一部分记忆就会因此出现错误，而这可不是那么容易解决的事情。事实上，实验者里最终变得六亲不认以及成为植物人的人已经不在少数了，甚至还有一起实验者当场脑死亡的惨剧。而且即使安远没说，大家也心知肚明，开矿仪的辅助计算机出现任何细小的错误都会引起连接者的情绪波动，进而影响连接的质量。即使是作为开发者本人的安远也曾在使用这套系统时吃了不少苦头，测试的时候有几次险些陷于系统中难以脱身。

不过安远并没有把系统的那些险情告诉月矿协的高层，他总是巧妙地用一些最乐观的数据将弊端带过，再将极高的回报展示给协会看。否则十年前这个计划也会像另外一个候选的月球开发计划一样因为安全问题被否决。相比较而言，安远的计划中氦−3的产量是最高的，而且协会也无须投入过多的人力以身犯险，投资也不过是用于扩大计算机阵列的规模，委员会的人自然优先考虑了他的计划，更何况当时他的多项科研项目已经为协会取得了可观的经济效益，从各方面看，安远都是最佳的选择。真正知道这些危险的，除了安远带领的开发团队外，也就只有他的家人了。

他自己倒并不在乎任务有多么危险，当然，这并不是因为他无欲无求可以随时一死了之，而是源于他对自己开发的系统的自信，毕竟他还有对三十八万公里外那个家庭的眷恋。对妻儿的责任感产生惊人的动力推动着安远前进。

遍布月球各处的探测器每时每刻都在更新数据，巨量的信息涌入他的世界，短短零点几秒间安远就感觉自己的世界完整了不少。某种意义上，这时他的世界，就是这颗名为月球的星球。

"又去做你的人生哲学了？"一个声音从远处传来，这烟嗓不用猜，一定是他的助手高航。声音越发沉了，看来他上月球以来没少抽烟。

"算是吧，今天可以把输出功率再往上调一点，现在氦−3的产量还远远不够。我考虑顺带把筛选的等级也往上升高一层，毕竟月壤里丰富的铁矿对他们来说只是些没用的石头，主要还是要把氦-3收集起来。"

"都听你的，反正系统在你手上，你想干什么不就干什么吗？"听起来高航又吸了一口烟，叼着烟头嘟囔道，"我就在背后帮你清除一些计算机的错误，希望今天可以轻松一些。主角快开始吧，今天晚来了几分钟，天知道上面会不会扣我薪水。"

"废话真多。"安远启动了位于宁静海的指挥系统，一张浮动的立体月表图像传入他的脑中，他操纵着一百台矿车从宁静海西南部的矿车基地向东北推进，卫星上传来的图像里随即扬起灰蒙蒙的尘土。这种矿车被命名为"枫叶"，是因为它的形状像是五角分散的枫叶，只不过表面颜色变成了太阳能板的黑色。作为月球上收集月壤的主要工具，其特殊的结构能够高效率地收集那些具有黏性的月壤。这些百万吨级的矿车堪比猛兽，其姿态远远没有其名字那么优雅，它们每秒都要吞入巨量的月壤，身后粗大的运输管将初步筛选后的细碎尘土源源不断地输往安远所在的笛卡尔基地。从基地接收到来自月表或冰冷或炽热的月壤的那一刻，一条延伸数十公里的加工线就开始不间断地咀嚼起这份并不美味的食物，为核聚变提供最完美的燃料。

笛卡尔基地位于月球赤道附近的笛卡尔高原上，建设初衷是为了利用更高的角速度以节省燃料，虽然没过多久核聚变飞船的出现取代了大部分旧式的工质推进火箭的使用，角速度的差异对新型飞船的影响并不大。但是这并不妨碍笛卡尔基地作为探月第一基地的发展。

同时操纵这么多台复杂的机器显然并不容易，但安远似乎很是轻松，绵延数百公里的流水线在开矿仪的操作下井然有序地运转着。

从设计上来说，以最大功率工作的"枫叶"每台每天可以收集接近五十吨的月壤，其杂质含有大比例氢元素和碳元素，可以作为月球基地的建造材料，从而节省从地球运送大量基建材料而产生的高额费用。按照这个速度进行开采，刨除月球基地运转的需求和往返于月地之间的消耗，维持地球上巨城的能源供给是完全可以做到的。但现在的系统只启用了大概百分之四十的部分，除去消耗，能提供给地球的氦−3很少，也难怪委员会的人恼火。

很显然邦联中那些蠢蠢欲动的参与国发现了先驱计划长期性的局限，毕竟在短期内就收回这十年的建设成本是不可能，而贪婪的政客总想要立竿见影的效果。

当然，这些都不是安远这个操作者该考虑的事情。眼下他正感觉自己渐入佳境，看来今天上调百分之一的系统使用率是正确的。按照他脑中设想的计划，三年之内这条生产线将供应给整个世界能源。他把一台"枫叶"顶放置的摄像头所拍摄的画面调出来，所摄之处都是一望无际的宁静海，这些以海为名的苍白的平原空旷到荒芜。安远不禁感慨，支撑起整个人类世界希望的，就是自己脚下这颗了无生机的星球。一种使命感油然而生，倍感陌生的自豪感久别重逢地出现在他长期焦虑的心头，他已经不清楚自己有多久没有感到自豪过了。

那颗明亮的蓝色星球依然静静地嵌在黑幕之中。安远意识到不论自己抬头与否，地球都只是如一个不可改变的事实一样存在于这茫茫宇宙中，它永远是那么蓝，似乎过上多久都不会改变。它让安远感到心安。

　　"说起来，今天地球上应该看得到上弦月了，真不知道安生他会做何感想。"

第三章

矛盾

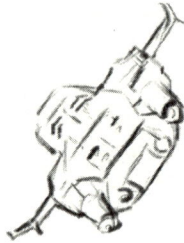

　　"我也想去月球吗？"几天前上弦月悬于苍穹之中时，安生站在窗前对着月亮问自己。安生明白，自己并没有那么渴望有朝一日能登上那颗星球，尽管很多人都想要登月。

　　关于那个人，安生向来是没有太多话可言的，他给自己留下的印象就是不负责。家中事宜都由母亲吴妍处理。就算在去月球前，因为安远工作忙碌的原因，他们一个月或许只能见上几次面，就算见了面，也说不上几句话。那个人对自己的态度似乎永远是那种不冷不热。"他根本就没把我当他儿子。"安生不止一次这么觉得。不说夸奖，就连责备也近乎没有过。安生心中的缺憾和失落感慢慢变成了对他的记恨，那时安生才发现，有时候爱和恨的转化只需要一点点简单的动力。

　　安生感觉唯一奇怪的就是总觉得遗失了一些有关他的东西，可是那个人从来没有来问过他类似的问题。唯一留下的感觉就好像是擦不干净的涂鸦，淡淡地印在心上，每当他拼命回想有关那样东西，记忆就像是对焦失败的镜头让他看不清面画上的内容。久而久之，安生也便放弃了追寻。

　　安生身边的人很羡慕他有一位这么伟大的父亲。但对安生来说，一位不负责的父亲形象却早已在心中根深蒂固了。

着眼当下，其实现在自己想要什么，想做什么，就连安生自己都并不清楚。父亲在学术界名声赫赫，母亲独守家中悄无声息，印象中与家庭有关的事不知不觉间和矛盾挂钩，一家三口的家庭关系在他眼中形同虚设；他深知自己不善言辞，因而也习惯了一人在图书馆独处，屈指可数的几个朋友来来去去相见又分离，现在还陪在身边的也就只有望舒和沙华了。

这个时代下仿佛所有人都走着不确定的路，万事万物，意义何在？他还没有找到前进的方向。纵使自身被再多人认可，但在这样的世界中前进，对安生来说仍然是一个刚刚开始的课题。又或许这条名为人生的路根本就没有什么固定的方向可言，只是青春过场中的一切都太过凌乱了。

还有两天就要满月了，今天头顶的月亮似乎又完整了不少。得益于环境净化系统的建设，巨城里的空气很好，恰逢今夜碧空万里无云，远远地就能看见东边波光粼粼的海面。每当这时候，巨城里就算再忙碌的人也会找一个时间停下手中的活，在月光下把平日里隐藏着的情绪拿出来整理一下。

清冷的月辉透过用于防风的玻璃球幕聚光灯一样打在第一象限天台上，用大理石雕刻而成的巨大月球雕塑透出一种神圣又庄严的气息，安生正坐在雕塑的底座上看书。

巨城的设计大多都有建筑高度由中心向外辐射降低的特点，立体图就像一个棱锥一般。从卫星图片来看，全世界绝大部分巨城都是如蝴蝶一般不规则的图形，另外也有少量如矩形三角形一样的规则图形，然而全球唯一一座近乎是完美圆形的巨城，只有023号这一座。

出于圆形的特殊性，建造者将近乎圆形的023号巨城像切蛋糕画十字一样按函数规则分成四个象限，每个象限在建设之初就规划好了其承担的职能。同时鳞次栉比的摩天大楼间有着极为发达的廊桥沟通连接，竖直方向上又再分为上中下三大层，大层又分为更小的三个小层。每一个扇形区域又对应着一部分更具体的职能，一些重要的生活设施则是在各象限都有分布。各区的发展方向各不相同，总体来说上层区的经济最为发达，并由上往下逐级递减。月球大学位于第一象限的上层区，还有少部分的教室或宿舍分布在中层区的位置，而之前去过的可丽饼店则在第一象限下层区。

复古的浮雕外墙高贵而华丽，鹰与虎争斗的画面栩栩如生地镌刻其上，一轮明月置于浮雕的中心。由此可以看出建筑师是一个对古典艺术颇有造诣的人。能见度好的时候，从几十公里之外就能见到如山一样隆起的巨城，"山腰"的一部分隐于云雾之中，而"山顶"正是反光玻璃球幕里惹眼的月球雕塑。因为位于全城最高建筑之顶，月球雕塑不但成了月球大学的标志，同时也是这座巨城的地标。

作为023号巨城正常模式下的最高处，这里成了赏月的绝佳地点。除此之外，天气好的时候单靠着月光就可以看书。

不过与其说这是天台，倒不如说是个花园。宽大的平台上除去巨大雕塑的底座外种满了各类花卉，其中种得最多的是月光花，雪白的喇叭形花瓣总让安生想起望舒的白裙，优雅而清新。有的品种经过生物学院的学生改良，在满月的光辉下会散发出微弱的淡蓝色荧光。这样幽静又美丽的花宴一个月只上演一次，每次他都会带望舒来看。

开学演讲那天，他原本和望舒约定好的地点就是这里。这里很安静，平常没有什么人上来。虽然有些冷清，但安生觉得和她一起待在这样安静的地方，总是能毫无理由地感到安心。究竟是因为什么，大概只有天上的月亮才会知道。

两个人各自想着自己的事儿。这种即使没有言语也不会感到尴尬的美好气氛，有如薄雾一般氤氲在天台上的两人世界。脚边五步远的地方，花静静地开着，身下城市还在飞速转动着它精密的齿轮。在这里没有人会来催促，就好像是独立于巨城的一个秘境，时间又恢复了正常的流动。只有待在这里的时候，安生才有些安全感，心底躁动不安的情绪如退潮般平息下来。

为什么大学里的其他人不上来看看呢？安生心想。这些在全球范围内成绩最为拔尖的人，心怀远大的理想，拼尽全力才考进这所学校，却没有机会享受这么美的风景。就好像除了他一个人以外，所有人都全身心投身于学业之中，原来自己才是那个被群体抛弃的人。

在这个以登月就业为最佳选择的年代，谁都明白只要和月球沾上边就可以赚上一笔，哪怕只是在月球基地打工也有不菲的薪酬。成为月矿协的会员则另当别论了，终生寝食无忧自然是不必说，更重要的是那种有资本高人一等的骄傲感。

可是安生不一样，他根本不知道自己有什么好骄傲的。作为创校十几年来唯一在高中时就提前进入月大学习的学生，他并没有那么多的荣誉感。称呼他为"天才"的人不计其数，有一次听见一位著名学者与父亲聊天，说他"简直就像是为了物理而生的一样"，即便如此，安生的所作所为还是没有得到父亲认可过，对此安生一直很不是滋味。

那个中文名为墨丘利的中年人总是带着一副细框眼镜，自然卷的头发随意地堆在头顶，说话时眉毛像马戏团里的小丑一样向上挑起。瘦削的脸上常年见不到笑容，不能算作阴沉的表情总是让人琢磨不明白他的想法。一对眼窝深深地凹陷下去，宝蓝色的眼睛显出他北欧人的血统。他看东西时总是会把眼睛眯起一条缝，好像只有那样才能看清东西一样。

安生一想起墨丘利，在他手下进修物理时的记忆有如摁在水底的浮冰一样浮现在脑海中。安生在初中时就跟着他去过巨城地底的机密实验室学习操纵环形加速器，并在进入高中之前跟着他学完了月大开设的物理和数学课程。现在这个人又成了他的大学老师，就像是命运安排给他的一样，而他知道那个充当"命运"的人是谁。安生很不喜欢这样的感觉，与其说是因为学业繁重而厌烦，倒不如说是因为被当作提线木偶而感到不自由。可是他没有和那个充当"命运"的人商讨过这件事情，在安生的记忆里，那个人总是一副拒人千里的样子。

墨丘利在某些方面给安生的感觉很像那个人，最显然的就是两人对他的冷漠，除此还有那种刻意躲避着什么问题的感觉。对于这一点他也说不出个所以然来，只是潜意识觉得两人的话语有所隐瞒。因而在安生眼中墨丘利只不过是那个人派来履行职责的角色，抛开是自己的老师外，安生对他那不讨喜的性格也没有什么好感可言。墨丘利陪安生度过了大部分的童年，安生却一点都不了解他，他的陪伴也没有给安生带来快乐。这个世界曾经就像是布满群星的天空一样美好，可是长大的每一天，都有一颗星星慢慢暗淡下去。

如今能让安生感兴趣的星星已经不多了。关于墨丘利更详细的背景安生也未曾了解，只听说这个父亲大学时的朋友曾在世界上另一所顶尖的学府——欧洲天文学院任教，后来不知出于什么原因他来到了这里，成了安生的老师。他教了安生许多知识和道理，但独独没有教会安生如何快乐。

花藤的影子似乎移动了一点，安生手中捧着的小说里侦探侦破一桩又一桩的案件，有很多人说这多亏了他多年的探案经验和他父亲的言传身教。安生看到此处不由得心中一沉，现实中也有人称赞他取得的成绩，说不愧是安远的儿子。

安生上高中时曾在《能量》期刊上发表过短篇论文，《能量》是国际学术界中极具影响力的一本刊物，安生年纪轻轻便能在上面发表论文，自然是引来了社会各界的注意。那天之后他就经常听到有人这么说自己了。他知道自己的实力已经到了同龄人难以企及的高度，但是每当他爬上一座山峰的时候，才发现还有更多更高的山峰等着自己，并且总有那么一团巨大乌云盘旋在头顶，压得他喘不过气。

在很长一段时间安生一直以为那团乌云是自己的父亲，所以他不喜欢别人夸赞他的时候，非要提到父亲。直到今天他才发现那团乌云也是他自己，那个让他无法迈过去的人是他自己，让自己活在阴影下的人也是他自己。可是就算他意识到了也无济于事，因为不知道该如何去处理。书里说有的事还不如不知道的好，说的就是这样的情况。

安生在书页的角上折了一下。这本纸质书是从月球大学图书馆的西南角的一块很小的纸质书区翻出来的精品。在这个信息储存和传递以电子方式为主的时代，唯有纸张粗糙的质感让他感到心安，好像只有这样的书才是真真切切存在的。平常使用触摸板阅读的他已经很久没有体会摸着纸张的感觉了，早在过去就有人提出过摸着书也是读书的一环，书籍并不单单包含着那些记载的文字。从某个方面来讲，相比于物理而言，他可能对小说文学更感兴趣一些。

"说一声再见，就是死去一点点。"

安生合上了手中的书，但是书里的那句话还在脑中不断重复着。静下来一算，没想到距上一次说出"再见"二字已经这么多天了。

这些天来安生一直没有见到望舒的身影，他记得她好像说过这段时间要趁学业尚松回去见一见家人。望舒的父亲是安生父亲的顶头上司——月矿协的会长望云亭。她家在原本北京所在的 001 号巨城，那里是日出联合建设的第一座巨城。

"哈！"一句突然出现的喊声打破了安生宁静的世界，他转过身去，沙华满是得意的笑脸凑了上来，"怎么样，被我吓到了吧？"

"……"

"……你不是被吓傻了吧？怎么不说话？"

"不知道该说什么。"安生努力想从小说情节中脱离出来，可是就像小说里的侦探摆脱不了一连串的谋杀案一样，自己也摆脱不了堵在心口的那种烦躁感。

　　要是能够摆脱这样烦躁的感觉就好了。

　　"喂，喂！怎么又发起呆来了？"

　　"别吵，我在思考。"安生一本正经地说。

　　"啧，你就是这么对待来找你玩的朋友的吗？果然18岁的少年什么事都干得出来。"沙华一跳，坐到他旁边，然后双手枕在头后，躺在雕像的大理石底座上望向天空。

　　"你说得对，18岁的少年确实什么都干得出来，就连你都跑上天台来了。"安生说道。

　　"虽然最近连接技术又更新了，但一天到晚都住在虚拟现实里太没意思了。难得今天没有作业，来拜访拜访你，顺便陶冶一下情操。"沙华转了个身，这个角度安生看不见他的表情，他吹一会儿口哨，又自顾自地说道，"这里的风景真好啊！难怪你有事没事就往这跑……不过我倒不像某人一天到晚思来想去的，真不知道怎么想的，明明有那么好的条件……"

　　"沙华，"安生也把身体转过去背着他，一字一句地说道，"说实话，有时候其实我挺羡慕你的。"

　　"哈？怎么突然说这个？堂堂安大少爷羡慕我？没想到你竟然开这么无聊的玩笑。"沙华清秀的脸上有一种比难以置信更复杂的情感。

　　"是真的，我真的蛮羡慕你的。你总是有了目标就坚持到底，那么执着。我真希望自己能像你那样。"安生说得很慢，"你总是充满热情，能认真地为了做一件事而努力，我觉得这是一件很幸福的事，我应该向你学习……"

"……原来你是这么想的？"沙华打断他，语气像是刚刚拿出冰箱的冰块，"可是你知不知道，这么久以来我努力，只是想要拥有那些你早就已经拥有的东西而已，你却在我面前和我说你羡慕我。"

"就是像你和你爸这样的人夺走了我爸的希望，明明轻易就拥有别人拼尽全力都得不到的东西，却总是因为一些无关紧要的小事烦恼。你们丝毫不考虑那些倾尽所有却一无所获的人的感受，那种毫不关心的样子，真是……"沙华本打算一口气说完，可是说到这儿就停下了，接下来从自己嘴里说出的几个字连他自己都没想到，"可恨啊……"

沙华一说出口就后悔了，自己的话过重了。他们之间也有整整四年的同学友谊。他拼命思考自己到底是什么时候就开始这么想了，不然也不可能忽然像扎爆的气球一样爆炸。因为先前提交的那篇论文被原样退回，他本来是想上来找安生聊两句缓解一下心中的落差，可是现在全搞砸了。那句伤人的话已经说出去了，自己就算再说什么也没用了。

"……那你恨我吗？"安生沉默了一会儿，平静地说。

"安生你听我说……我不是那个意思……"

"回答我的问题。"

"我说不恨，你信吗？"

沙华刚说完就想扇自己一巴掌，这样的紧要关头自己还说这么找打的话。心里已经做好了友谊散尽的准备，时间慢慢地流逝，月光还是静静地照着眼前安生的背影。

"信。"安生的回答像平常一样简单，可是听起来就像是誓言一样不容置疑。

"……对不起，安生你别想太多，我不是真心那么想的。我也不知道自己怎么了，一下子就说了那么多伤人的话。"

"没有，其实你说得挺对的。我想了一下，是我太迟钝了，我应该多在意一下你的感受才对。大家貌似都对我有偏见，我也对那些无关紧要的人保持无视。不过偶尔还是会觉得，要是我能像你们……"

"别说了，安生你这样就挺好的。真的。"沙华觉得自己应该做点什么挽救他们之间的关系，看着安生这样，自己也很不是滋味。他脑中忽然蹦出一个可能算不上很好的点子，"这样吧，为了弥补我的过错，我知道有一个地方，带你去喝两杯。"

"我对那种地方不感兴趣，况且我们不是还……"

沙华搬住安生的肩膀把他转过来，首先注意到的就是他眼角的泪痕。沙华忽然意识到，原来安生从一开始转过去说话就是为了不让他看见自己的眼睛。

"你还真是不争气啊，你看今天月光那么好，不和好兄弟小酌一杯怎么对得起这美景。我们今天的事就翻篇吧，你看古人不是都说杯酒释怀来着……"沙华本想缓解气氛，但是一时想不起来其他诗情画意的句子，不自觉挠头苦想起来。

安生看着沙华笑了。原来眼前的这个人和自己一样，都不过是一个18岁的少年而已。自己这个年纪看到落叶会掉眼泪，看到朋友的傻样也可以简单地笑出来。

他忽然感觉到，即使自己有着很多痛苦与烦恼，但是在每一分每一秒，自己比任何大人都要严肃且真实地活着。

第四章

和解

一缕柔和的阳光照在望舒长长的睫毛上，她轻轻眨了几下眼睛，伸出白皙的手臂挡在眼前，过了几分钟才想起自己正在001号巨城和023号巨城之间的万米高空上。

舱外的天空蓝得深邃，抬头依稀可见太空中的空间站，庞大的环状结构像是天使的光环一样安静地悬在蓝幕之中。远处一艘的运输飞船从金黄色的云海里冒出来，望舒不禁想起了童话《杰克与巨人》里的那株高耸入云的豆子树。

"豆子树"旁一个黑色的小点像黑鹰一样迅猛地刺向天际，那是负责护卫的飞船，同时又有另一个小点直勾勾地扎进棉花糖般的云朵之中。

望舒揉了揉太阳穴，看来这几天有些累过头了，自己才上飞机没多久就睡了过去。她侧身伸手打开全息投影装置，玻璃舷窗渐变成不透光的墨黑色。淡蓝色的光影在空气中停顿了一整秒，信息爆炸一样涌入投影区中。一瞬间各种信息提示映入眼帘，望舒不禁庆幸刚刚自己没有直接将大脑进行连接。

望舒无奈地将所有消息设为已读。除了一大堆给自己的私信外，炸开锅的讨论区里还在不断弹出新的消息。她换上一个账号登录了讨论区。

"……"

"怎么这么多天没看见余月发歌了？"

"是啊，我都感觉快过上一个月了。"

"对对对，我也是。"

"不会是出什么事了吧？难道是……"

"别乱说，听说余月姐考上了月大，肯定是出去庆祝了。"

"没想到余月除了唱歌好听外，学习也这么厉害。如果能认识余月这样的女生我死而无憾了。不过话说回来，你的 ID 怎么这么眼熟……"

望舒赶忙断开了连接，没想到这个小号也用不下去了。不过现在这些人想象力也太丰富了，连什么网络幽灵都出来了。

这些人口中的余月其实就是望舒。"余月"是她三年前在虚拟网络上注册的名字，账号开始只有安生一个人关注，望舒为了让安生开心经常在上面录歌给他听。现在关注这个账号的人早就已遍布全球了。她把机窗的颜色重新调成透明，明亮的感觉让她松了口气。

望舒记得自己那天像平常一样放学回家，打开电脑就发现自己写的那首歌被推到了虚拟网络的推荐首页，并且登上了当天播放排行榜的榜首。她当时才 15 岁，一瞬间成就感爆棚。看着素不相识的人发来一条条专属于自己的赞美之词，少女的心里如坐滑梯一样兴奋不已。后来望舒一直坚持在网络上发布自己写的歌，粉丝的数量也积累了上千万。在这个虚拟世界中，望舒随着自己亲手塑造的"余月"一起成长，网络上的自己也成了她生活中不可割舍的一部分。说到底，这账号一开始只是为一个人而创建的。

她这次回家也和这个账号有关——家里对于她在虚拟网络上的活动愈发不满了。望舒考上了月大，学业压力自然也是随之而来，要歌唱，就意味着要放弃一部分学习时间。几经纠结，望舒还是毅然决然地选择了最初的理想，一心放在学习上，账号几乎不再登录。可母亲似乎还是不放心，有意封锁望舒的账号。令望舒真正失望的是，原本支持自己的父亲这次也劝她舍弃唱歌专心学习。望舒不知道为什么他们都这么不信任她，不信任她可以把学习与爱好平衡好。不快之下望舒只得以学习为由提前返校。

镜子里的望舒身着一袭宝蓝色的长裙，外披绣满了紫薇花的素白纱衣，露出线条优美的脖颈和清晰可见的锁骨。今天终于到满月了，她想，今晚又可以和安生见面了。

望舒的脑海里浮现许多往事，大部分是关于安生的。安生真的变了很多，自己和他多年朋友，却说不出他具体哪里变了。虽然开始是因为双方父亲工作上的原因才让他们有机会相遇，但是开朗友善的安生所表现出的亲和力拉近了他们之间的距离。望舒微叹一口气，现在的他相比印象里的那个小男孩就好像变了个人一样。或许他们都变了，所以彼此才难以靠近。

安生在晚饭的铃声中醒来，卧室窗外的夕阳正收起最后一丝光亮。他揉了揉太阳穴，心里暗悔昨晚不应该喝那么多酒。

自从那天和沙华喝到深夜以后，安生就经常被他拉到那个位于第四象限底层区的酒吧里。留着八字胡的老板看到他们胸前的月大校徽，也就默许他们进入这个混着爵士乐和昏暗灯光的地方。安生觉得大概经常有月大的学生来这家店。

昨夜沙华喝得烂醉，和安生推心置腹地说了很多家里的事，其中很多和安生有关，但在此之前，安生从来没有听人提起过这些事儿。

十年前，也就是先驱计划被批准的那一年，沙华的父亲沙澄被任命为先驱计划领导人的助手。从父亲被任命的那一天开始，沙华每天回家都会看到父亲在房间对着满墙的字发呆。自己唯一看得懂的是"亚平宁计划"那几个大字，其余的部分都密密麻麻写满了复杂的公式，幽蓝色的字在灰暗的房间里显得十分瘆人。

慢慢地，除了去城外给母亲扫墓的习惯没有改变外，父亲所有干净利落的习惯皆被抹除，旁人眼中的他从一个朝气蓬勃的青年博士变成了散发着酒气的颓废男人。沙华不止一次听到别人说父亲忘恩负义，说他应该感谢一个叫安远的人。而父亲口中最频繁出现的名字也是安远，只不过前面总要加上一些诸如"该死的""要不是"这样的词。

沙华不知道父亲到底和那个叫安远的人有什么仇。他曾在书房的桌上见过父亲和这个人的合照，那是个和父亲差不多年纪的男人。照片中两人穿着工作服，手搭着对方的肩，俨然一副好兄弟的感觉。但从小学开始他就知道父亲很恨这个人，这个叫安远的人。直到高二的那场家长会，沙华想起第二天有事要早退，干脆当面去和老师请个假比较好，家长会刚刚解散，老师应该还在办公室里。

　　办公室里空调声因为安静被数倍放大，看来老师都已经回去了，正当沙华准备离开时，耳边隐约听到电话铃声。声音是从班主任的办公桌传来的。他也不知道自己当时怎么想的，俯下身偷偷绕到电话所在的屋子附近。他躲在柜子后，探出身子看向办公桌。这时老师刚好接通视频电话，屏幕中是一张熟悉的面孔，随后他听见老师说了一句"安远博士"。一股无法抑制的怒气燃上他的心头，他咬了咬牙，忍住了那股从心底涌起的灼热血液。

　　沙华说不清这个男人究竟和自己有什么关系，他的确是父亲的仇人，但不是自己的仇人——实际上他确实没有直接对沙华的生活造成任何影响。

　　沙华已经醉得迷迷糊糊说不清话了，但是他竟然还能断断续续地叙述下去。他说如果要自己选择人生中最想重来的时刻，那大概就是他探出头看清楚屏幕上的面孔的这一刻。因为自那以后他对安生的看法就再也不同以往了，难以把家事和挚友关系分清的负罪感自那天开始便困扰着他。

　　太像了。

　　他的脑中只剩下这一句话。屏幕里那个和老师交谈的人，真的太像自己的好朋友安生了。他不敢再看下去，回过头来靠着书柜，通过不停地喘气来平复激动的心情，心里碎念着"怎么可能这么巧"来安慰着自己。这两张面孔不断地在沙华的脑子里重叠，总是会契合在一起。一看到这儿，胸口里就好像堵了一块软软的海绵，连呼吸也愈发困难起来。在那之前他从来没有想到过把这两个人放在一起比较，有些事实偶尔需要一点契机才能真正看清。

沙华说到这儿停了下来，喝了一口酒，望着安生的眼睛说："我觉得自己那时快要窒息了。你是我的好朋友，我不知道我还能不能当你的好朋友。"

安生沉默了，平日嬉皮笑脸的沙华竟然藏着这么大的隐情，现在不管他说什么都有可能破坏沙华对自己坦白的心意。酒吧里爵士乐夹杂着时间缓缓流淌着，正当他终于准备回答沙华时，才发现沙华已经倒下睡着了。安生把外套披在他身上，拿起酒杯一饮而尽，心情却一直不能平复。一直以来不喜欢自己的人有很多，但是不论什么时候沙华总是坚定地站在自己这边，他一直是自己的好朋友。

安生拿起桌面上的热毛巾擦完手，新信息的提示就闪了起来，是望舒。他下意识看向窗外，天已经黑了，一轮明月挂在遥远的天角处。安生又起牛排囫囵咽下，便起身向衣帽间走去。

……

望舒来到天台的时候，安生熟悉的身影已经坐在了雕像底座熟悉的位置上，只是今天安生旁边还有另外一个身影。

像是感觉到她来了一样，安生站起来回头看向她。四目相对间，望舒清雅绝伦的脸上泛起一片樱桃般的红晕，月光在她湖水般宁静的黑色眼眸里泛着光。

宁静的月光银雾般洒在整个023号巨城之中，天台上的月光花怒放着，带着淡蓝色光辉的白花瓣与月光相得益彰，整个球幕里霎时间宛若云阶月地。

"主角登场了！"才发现望舒到来的沙华不识趣地说道。

安生赶忙从身后拍了他一下，真搞不懂他怎么宿醉后精神还这么好。

"这家伙怎么也跟着来了？"

"我沾安生的光上来玩玩。难得碰上今天满月，怕以后看不到了。"沙华满不在乎地回答道。

"他就上来看看，以他的性格能走出房间就不错了，应该多鼓励鼓励他。"安生补上几句，他怕望舒因为沙华的到来而不开心，毕竟事先没有告诉她。

望舒走到安生身边找了一个合适的位置坐下，瀑布般的青丝水一样倾泻在肩头，有几缕随风飘于明月般的脸庞前，更显得她风姿绰约。安生没想到一起长大的她近看有这么美的一面，他的心跳也加快了不少。

"我这个时候是不是应该先走开……"沙华在一旁说，"果然我还是应该待在虚拟网络里看月亮比较合适，今晚好像有派遣到月表的记者直播先驱计划的矿车采集氦−3。"

"先别走啊，一起留下来吧。怎么说也是高中同学，以后大学里也会见面。多多指教啦。"望舒的语气很轻柔，沙华忽然明白为什么有这么多人会去追望舒了。一瞬间感觉自己能认识她也是一种荣幸，于是打消了离开的念头。

天上的圆月越升越高了，一簇簇的月光花也发出更明亮的光来。

"回来累吗？"安生的语气里充满了关切，"撑不住的话就先回去休息好了，现在差不多十一点半了。"

"还好，主要是家里的事比较多。不过能看到这么美的景色，也都不算什么了。"望舒认真地说，"况且我们哪次不是赏月到十二点才回去的，也就差半个小时了。不用担心我的。"

"你们每次都上来看吗？居然不带上我。"沙华突然插话，后面那一句明显是对着安生说。

"你不是每次都没空吗？你哪次不是在游戏里忙得不可开交。"安生搂住沙华的肩把他拉过来，凑在耳边说，"不会说话就少说点，现在是特殊时刻看不出来吗？"

沙华看着他诡秘一笑，微微点头。安生觉得带他上来可能是一个错误的决定。

"你们在说什么？"望舒贴近安生不解地问，轻微的呼吸声无比清晰。

"没，没什么。"安生转过身来时，望舒已经坐回原来的位置上了。水灵灵的双眼目不转睛地望向圆月，眼中流动着迷人的光彩。安生把剩下的半句话咽了回去。

这一刻安生忽然有种奇妙的感觉，好像自己正在写一首连自己都不知道标题的诗，写得很快，好像要把心里所有的话都堆积在时间的纸上。最好的朋友就在身边，月下正是最好的年华。他知道自己不能永远沉醉于少年尚长的美梦，只是此刻，感觉所有事都可以变好。

安生刚想说些什么，被沙华拉住了。只看见望舒用手指抵住双唇，闭上眼睛，天台的静谧中只有月光花在盛开。

"嘘，月亮睡着了。"

第五章

事故

安远刚刚驾驶人型的月球行走机甲走进过渡舱，身后的舱门随之旋合起来，即刻将舱外冰冷的世界分隔开。加压舱里一时间白雾弥漫，气压快速上升至正常水平。安远掀开保护罩跳下机甲，乌黑的机械臂帮他把沾满月壤的宇航服脱下。一个一米长的黑色箱子从机甲的侧面弹出，地面上的机器人接住箱子后运到一旁的工作桌上。扩音器里传出一个毕恭毕敬的男声。

"尊敬的月球酋长博士，您的族人在此恭候多时了。"

"怎么又换了？看来是真的死性不改。"安远把头盔摘下丢在一边，眼前又是一台用于连接神经和开矿仪的巨大机器，不同的是这个开阔的空间里放满了其他各式各样的仪器，大多数是用于检测月壤成分和地质探测的。

"上次你不是说要换一个长一点的欢迎语吗？我满足了你的需求。"

安远舒展了一下筋骨，灰色的紧身单衣刻画出他身体刀刻般的线条，这是为适应低重力的环境大量锻炼的结果。

"安静一点，我现在很烦……"

"明白了。"男声识相地安静下来。

安远把黑色箱子横放在桌面上，按下一个按钮，箱子前部如抽屉般缓缓拉开。里面装满了各种各样碎裂的零件和泛着白光的蜷曲金属，好像是从哪个垃圾场扫来的一样。

安远望着这些废铁心情复杂，脑部仍未退去的疼痛让他有些恍惚，心情检测系统因为安远焦虑指数的上升而响起了警报。这些是满月那天的事故中爆炸的"枫叶"矿车碎片，他希望能从中找到一些线索。

当时自己正操纵开矿仪调控"枫叶"部队收集月壤，地球媒体派来的直播车队尾随"枫叶"，向地球直播这股庞大的钢铁洪流横扫月表的画面。忽然，埋藏于宁静海底下的地震仪向安远的主控计算机传来大量异常的数据流，几秒后月表各处的监测站也检测到了程度不一的震动。矿车上装载的摄像头传来的画面不停地摇晃着，所有的一切都显示着宁静海底下发生了什么剧烈的活动。

仍处于连接中的安远因为信息流的冲击感到天旋地转，一时间意识都难以保持清醒。信息世界中的黑色夜幕狰狞而扭曲，各种指示灯闪着红光，整个空间变得混乱不堪。等到脱离系统时，已经是两个小时后的事了。眼前一片刺眼的白光晃得他睁不开眼。视线清晰后，他看到停电的黑暗中有人拿着手电筒和另一个身穿黑色西装的男人在说话，满脸胡茬的高航坐在自己的凳子上喷吐着烟圈。随后安远就失去了意识。

作为当事人的安远对整个事故的来龙去脉一无所知。除了月球再次发生地质活动外，他想不出什么其他的原因。可是众所周知月球的地质活动早在10亿年前就停止了，仅有的微弱的月震也只有里氏一二级的水平，根本不可能影响到开矿仪的正常运行。在系统设计之初，开矿仪就可以抵抗里氏三级震动带来的数据冲击，何况还有高航和辅助计算机分流异常数据。

事故后安远到现场看过，眼前的场景确实很糟糕。整队"枫叶"乱成一团，那些庞大的大家伙横七竖八地停在雪原的月表，所幸除了两台相撞的"枫叶"发生爆炸外，其他的"枫叶"都没有什么损伤。爆炸产生的碎片飞出了好几公里远，几米长的矿车外壳贴着媒体所乘的月球车飞过。卫星拍摄的画面中爆炸的地方就像一滴黑色的墨砸在牛奶扩散开一样。现场虽然一片狼藉，但让所有人都长舒一口气的是没有人员伤亡。媒体的记者情绪激动，要官方给出一个交代。这当中有很多人还是第一次离开地球的年轻人，经过了几天的长途跋涉后风尘仆仆地踏上这颗星球，连水都没喝就冲到矿车前线恨不得把一切都录下来。对他们来说，报道当今热门的能源问题是头等好事，却不曾想过会有比自己还大上几倍的钢板贴着脸飞过去。协会的人都知道相比于事故的善后来说，应付这群把一切都看在眼里的记者才是最麻烦的。毕竟谁也不想看到未来使用的能源供应链充满危险。

好在月矿协的高层紧急暂停了直播，在矿车失控的画面传到地表之前换上了之前录制的宣传视频。虽然对于地球上的观众来说有些唐突，但至少视频里的矿车还在正常行驶。与此同时，委员会决定暂时限制安远使用开矿仪的权限，一来要给愤怒的媒体一个交代，二来也是出于安全考虑，害怕再看到那恐怖的一幕。和意识在开矿仪中的安远不同，在现实世界的他们看到的是不受控制的巨大怪物在原地打转和横冲直撞。

事故第二天，协会就召开紧急会议讨论先驱计划的安全性问题。最后官方给出的解释是一辆矿车的冷凝管出现了故障，无处释放的高压导致了爆炸。但媒体显然并不买账，不少人要求开矿仪的操作人出面说明。协会只能以操作人受到的影响比较大，需要静养一段时间为由将安远安排在依巴谷陨石坑里的实验室避开风头。这里离笛卡尔高原不远，人员可以随时在总基地间往返。月矿协费了很大精力控制舆论，这件事情才算告一段落。

安远却没有办法就此结束这件事。

自己设计的系统是不可能出错的。当时安远确实看到了各项地震数据都指向宁静海的地下，但在宁静海上行驶的媒体车队都声称在事故发生前没有感到任何震动。

"那谁，计算一下。如果里氏五级的地震和系统失控导致的车队混乱同时发生，处于月表的人会有震感吗？"安远说着，从墙上取下一只手枪样式的仪器。

"计算结果：除去车队的骚动之外，如果震源的深度合适，那么其上方几十公里外的月表就会有剧烈震感。但这个说法有一个很大的纰漏，那就是月球在 31 亿年前就停止了火山活动。"

"那就奇怪了，怎么他们都说……"安远自言自语道，随后又陷入了思考。连续的挫败让安远不自主地狠捶了一下桌子，从手上传来的疼痛将他拉回现实，"是啊，月球上都没有地震可言，我到底在想什么。"

"研究表明人类在慌乱时，记忆可能会出现一些偏差，对于外界环境的变化反应迟钝，换言之在这种状态下人脑可能会出现误判。对大脑颇有研究的月球酋长博士应该比我更清楚这一点。"男声自信地说，"总之，如果真的有那么大强度的震动，再考虑人的情绪影响。在震动发生后的四秒内记忆出错的概率很大。"

"不，我想大概是五六秒。我也有被朋友开玩笑吓到'断片'的时候，那一次被放在杯子里的假蛇吓呆了十多秒，那段时间的记忆极其模糊。同理，只要震动发生到系统失控相隔在这几秒内，他们根本判定不了事故的原因。"安远不停地来回踱步，脸上出现了久违的微笑，可旋即又消失了，"但这也是一个致命的问题——如果真的有那样一次震动存在，这几秒足够引起系统失控，导致矿车队伍混乱。那些记者根本就发现不了，这一切都只能赖在我的头上。"

"别灰心嘛，先驱计划肯定还能继续下去，委员会只是被吓到了而已。"男声淡淡地说道，"计划都已经实施十年了，不可能说停止就停止的。你现在应该先休息才对，就当放了个长假。"

"不行，还没到休息的时候。你昨晚的分析不是说事故当天宁静海风平浪静吗？"安远不知道从哪儿找到了一片面包一口塞进嘴里，空出手来调试扫描仪的各项参数，嘴里嚼着面包含糊不清地问。

"不是我的分析这么说，是数据这么显示的。我调出了事故发生前开矿仪和矿车中的数据，里面的地震仪数据全部在正常的范围之内。我还顺带看了系统里的其他数据，除了有一项指标异常外，其他数据都没有什么不同寻常的地方。"男声答道，"话说我也有名字的，你就不能叫我沙澄吗？"

"哪一项指标？"安远继续调试着手中的扫描仪，这台手枪样式的扫描仪连接着全世界数据最完善的计算机，也就是自己进行连接的那台辅助计算机。但是扫描过矿车碎片后，扫描仪呈现的数据并没有给出什么有用的线索，毕竟那只是一块因为高温而严重变形的铁皮，他这么做大概也是给自己寻求一些安慰。

"你叫我一声沙澄我就告诉你。"男声的语气中带着笑意。安远吃了一惊，脑中浮现出一个年轻人阳光的笑脸。

想必当初在大学和沙澄一起开发这个人工智能时，沙澄不但偷偷录入了语音，就连人格数据也录进去了。可当时的大脑扫描技术还不是很成熟，除了冒着生命危险直接将大脑连接录入外，就是一遍一遍录下自己说的话，采集声音后再一个字符一个字符校对程序。不论哪一种方式都并非易事，安远一时间都难以接受，混乱的思绪使得情绪报警又上升了一个等级。安远意识到这个人工智能不论起源于谁，都是一个不恨自己的沙澄，是一个已经不属于这个世界的存在。关于沙澄的事，一想起来就没完没了。

"好了好了，不叫就不叫。你这个情绪指数很危险，不是你自己说要保持情绪平稳才能连接开矿仪吗？"男声无奈地说，他的声音带着遥远又模糊的亲切感，就像大学时期的沙澄在说话一样。或许这就是沙澄大学时期的杰作，安远想。可是他接下来说的话令安远感到头皮发麻。

"那项不正常的数据，就是你的情绪指数。"

第六章

瓶颈

　　已经过了整整一天，安远还是没有找到是哪儿出了问题。会长批准他外出仓库活动，但仅限于依巴谷基地中。他来到基地中心的高塔上，走进机场塔台监控室一样的房间，坐在半弧形的舷窗旁，接着断开了房间里计算机的连接。他不想那个曾经的"沙澄"来打扰自己。

　　自先驱计划被提出已经过去十年了。这十年间整个计划的实施基本上没有遇到什么太大阻碍，可谓是一帆风顺。基地里的人员一直把他当作月球开发的大功臣。他想到这儿，点上一根烟。微弱的火光忽明忽暗，安远疲惫的神色在黑暗中若隐若现。因为吴妍不喜欢烟味，她怀上安生后安远就彻底把烟戒了。算起来也有十八年没有抽烟了，安远本想像年轻时那样潇洒地喷出一个烟圈，反倒因为技术生疏呛得咳嗽起来。

　　月球基地建设的点点滴滴不知不觉开始像幻灯片一样在眼前轮换。基地里最早建成的是淡水生产系统，通过从月表风化层氧化物含量丰富的土壤中提取氧，再与氢气混合点燃生成水，从根本上解决了水和氧气的供应问题，保障了人类在此长期居住的需要。大量人员接踵而至，基地里的陌生面孔渐渐多了起来。每个人都心怀梦想、希望和无比光荣的使命感。一辆辆"枫叶"和一批批来自各个联邦的精英科学家被送上月球，无数探测器被埋进月球表层。随后几年建成的月球工厂开始自己生产矿车和基础建设材料，月球基地的建设趋于完备。各种娱乐设施开始出现在月球上，除了健身房外，还有电影院和高尔夫球场等，不过在这颗星球上打高尔夫和地球上是完全不同的感觉。安远听说亚平宁山脉的基地新开了一家赌场，像这样的地方他是不去的，他的助手高航倒是那里的常客。安远向来不喜欢带有赌博性质的东西，并且"亚平宁"这三个字老是会让他想起沙澄，所以他离得远远的。

不管怎么说，亲手搭建这一切的人们是快乐的。各类建筑在月球上拔地而起，行走在基地的走廊上，窗外永远是空荡荡的，运气好的话甚至可以看到自己的故乡——地球。直到现在还有人会一看到那颗蓝色的星球就忍不住流泪。不置可否的是，基地里包括自己在内的所有工作人员都已经把月球当成自己的第二故乡了。

人们每每坐飞船飞离月球时总会下意识望向窗外，蜘蛛网般延展开的月球基地如同二十世纪末的科幻小说里的未来城市，精妙而美丽。高耸的尖塔泛着青光，月球车从各大半球形舱室内进进出出，温室的舷窗中透出喜人的绿色。亲眼看到这些的人心里都不免感到一种前所未有的自豪感，一种作为人类的骄傲——月球成了人类的领地，人类踏出了占领太阳系的第一步。

在一次无人运输飞船的坠落事故中，月球各地记录到了与理论值不符的超长地震波。展开调查的人们在月球内部发现了多个成因不明的巨大空洞，虽然没有找到与外星人有关的线索，但是月球空心论的证实还是让人们兴奋不已。可是与先驱计划能够开采月壤不同，这个发现不过是少了一项月球未解之谜而已。那些位于月球深处的巨大空洞并没有什么实际的利用价值，随着初步测量的结束，人们将其入口封锁后就置之不理了。

安远结束了思考，把烟摁灭后打开操纵板，与以往不同的是这次没有那个戏谑的声音欢迎自己。

其实想一想，月球上的很多人多多少少都和自己有些关系。安远看着这些跟随自己十几年的人将青春倾注在先驱计划上，当年的那棵树苗已经成为承载全人类命运的大树了。可是昨天这些久违的老面孔出现在眼前时，他的心咯噔一下。

自己手下的团队成员从世界各地聚集到他藏身的那个仓库，一言不发地望着自己，就像每次有什么大事前都要等待他的下一步指令那样。从计划开始的第一天就在安远手下做事的这些年轻人，现如今都已经小有所成，可以独当一面，但在面对安远时，他们眼里的信任与崇拜仍像当初一样。

安远顶着死寂的气氛憋了半天，只是向着仓库里黑压压的人群保证自己一定尽最大的努力找出事故的原因，并且尽快恢复开矿仪的使用。出乎意料的是，话音刚落人群就爆发出了一阵阵掌声，安远不由得松了一口气。就像聚在一起一样，掌声后人们又不约而同地解散。这就是十几年来的默契。人们就像散会了一样唠起家常来。安远大老远就能听见戴圆眼镜的胖老李兴奋地高声说自己终于当爸爸了，惹得一大片人哄笑起来，仓库里充满了快活的气氛。

他以前总不明白为什么要有这样无聊的"仪式"——自己像将军下发作战指令一样，宣布计划的一步指示，然后团队才正式行动起来。这次看到所有人松一口气的表情时，他明白了。在团队成员的眼中，只要安远把写在纸上的计划说出来，这件事成功的可能性就会更大。只不过安远并不想当这个"将军"而已。

安远揉了揉太阳穴，失望地退出了计算机的查询界面。看起来直接从数据库里查找也不会有任何结果，所有的数据果真和那家伙说的一样，全都指向安远失误的操作。大概真的如高航所说，在事故的时候自己没及时断开连接把脑子烧坏了，那天听到这个消息自己还对着"沙澄"乱吼，但那只是一个电脑而已。

对，只是一个电脑而已。他向后倒在靠椅上，头顶白色的天花板空无一物。昨晚技术部的老张临走前过来拍拍他的肩说了句"其实大家都很相信你"，他只能苦笑对之。失去了开矿仪的操纵权，先驱计划就像失去了翅膀的鸟一样束手无策。他心知自己在很长一段时间里都不能使用开矿仪，至少在这次事件平复下来之前。

可是地球上虎视眈眈的政客并没有给月矿协喘息的机会。有内部消息称罗巴联合伺机利用这次的事故指责月矿协会会长望云亭指导不力，不知道从哪儿泄露出去的消息让协会的各大股东有些动摇。大家都知道那帮人早想把协会从能源供应商的龙头位置逼下来了，甚至有消息传出他们正在秘密研究新型的环形加速器。虽然外部压力很大，但只要实际开采权还在协会这边，只要协会还能从月球上拿出足够的氦-3给社会一个交代，委员会的地位就无法被动摇。

这样的形势下，安远不禁思考此次事故和罗巴联合有何联系。可是满月那天罗巴联合并没有什么不寻常的行为，基地里所有人都在自己的岗位上照常工作，至少表面上是这样。事故的原因必须查，可是先驱计划的存续才是迫在眉睫的问题。至少在地球方面的压力下，安远对协会来说还有很大的用武之地，协会不会这么轻易就放弃安远的。

听说再过几天会长望云亭就会来月球基地视察了，这样一来自己肯定逃不过和他打交道。虽然安远和会长是老同事了，但是他们只有单纯的利益可谈，会长是个没有什么人情味的家伙。安远想，自己最好能在他来之前把事情的真相调查清楚。

在大多数人眼中，安远离了开矿仪就不再是那个受人尊敬的安远了，他的价值似乎必须依靠自己发明的那台机器去体现。虽然不想承认，可很大一部分事实是这么回事，安远必须去操作开矿仪维持自己的地位和身份。

安远叹了口气，清除了浏览数据后起身离开了塔台监控室。自己毕竟属于协会监管的对象，就算得到准许外出也不能消失在监控下那么久。眼前长廊单调的纯白色墙壁让安远有些恍惚，最近这样的恍惚越来越多了。这应该是长期睡眠不足的老毛病，但他总是会因此想起那项显示不正常的情绪指标。

安远快步走到电梯里。里面空无一人，但他生怕有人进电梯似的多点了几下关闭键，接着把手指贴到显示屏上验证身份。眨眼间电梯飞速向下坠去，到达某一平面后又横向移动起来。

一张椅子从脚下伸出来接住安远，软质的安全带自动在他身前系在一起。只有少数人才拥有这种特权，可以"征用"电梯通过地下轨道快速直达月球上的每个基地。

安远靠在椅子上放松了一些。其实他知道自己并不适合当领导，不论能力强弱与否，安远觉得自己就应该是在台下而不是台上的那一类人。每次开会面对着团队里一百多号人，他心里其实都没什么底。安远想，自己不过就是一个搞科研的，做出了点成绩，赚了钱想要就此收手，但是自己创造出来的先驱计划把自己牢牢吸住了。以前安生还小的时候，安远就和安生说"吃得苦中苦，方为人上人"，看着他小小的脑袋懵懂地点头时，安远感受到的快乐在实验室里工作十年都得不到。如今安远成为总工程师，变成了领导者，可是人世间的痛苦照样没有漏掉他，还是会从四面八方涌来。他为此常常和吴妍自嘲是时势下造出的"狗熊"，坐上现在这个位置其实并没有给安远太多骄傲。

安远还是会时不时想起当年的搭档沙澄。十几年来，有关沙澄的事大家都识相地闭口不提，谁都知道这二位"天才研究员"之间的恩怨。听人说起沙澄还留在月矿协里的消息都已经是好多年前了，但是没有人知道他在哪个部门工作。安远向那边的工作人员打听过，他们说这个男人天天泡在实验室里不出来，偶尔能见到他就已经很奇怪了。

安远看着电梯里的扩音器，想着那个语音版的"沙澄"会不会突然冒出一句俏皮话。安远刚刚在中央计算机上查了，自己激活的这个语音包最后的修改日期是十年前的某一天深夜。

毫无疑问里面装载的是当时沙澄录入的人格。但是面对这样形态的"沙澄"，安远显然不知道该怎么和他提起后来发生的那些事，他怕这个程序会像它的创造者一样崩溃。熟悉安远的人都知道，因为沙澄，先驱计划开展这十年来，他的骄傲仅仅局限于他自己和家人这个小圈子中，似乎从来不在外人面前表露太多。现在就连在家人面前的这份骄傲也快要消失了，安远越发觉得心累了。

飞速前进的车厢像是被黑夜侵蚀，在这颗与世隔绝的星球上，安远始终找不到归宿感。电梯内的屏幕上显示着地球轨道上卫星实时传来的月球画面，黑色天鹅绒一般的深黑中央，苍白的月球安静地嵌在其中。

责任像剑一样悬在头上时，人在此时只能咬着牙坚持下去。

先驱计划终于回归了正轨，安远重新回到工作岗位已经两周了。但是他从来没有如此迫切地想要回到地球上，就好像心里有什么开关被打开了一样。自上次事故发生后，安远就意识到自己应该回家多陪陪老婆孩子，他对家人不负责的时间已经太多了。然而自己也不能一走了之，现在的自己已经不能随心所欲了。

"不是，怎么最近这么喜欢发呆？难道让你叫一声沙澄对你打击那么大？"男声不满地说，"还是你想换新问候语了，我想想，要不就模仿酒保好了——'伙计还是老样子不加冰？'"

"沙澄，开矿仪的代理系统，还要多久能开发好？"安远无视了他的冷笑话，躺在靠椅上有气无力地说，这大概是他登月一个多月以来少数几次放松的时刻。

　　"报告博士，今天晚上就可以完工了。不枉您这么长时间的编写，到时候再校准一下，测试成功后很快就能代替人类操纵了。"男声兴奋地说，"没想到你居然承认我是沙澄，有点感动，没想到过了十年还有这样一天。"

　　"别说得这么好听，能不能成功还说不准。好歹写了五年，再怎么说也要拿出点成果。"安远翻了一个身，也不知道在和谁说话，"还有，我叫你沙澄并不是承认你了。如果真正的沙澄还在我身边工作，那大概一年就能完成了吧……"

　　"博士，我不是在这儿吗？"男声接上他的话，"要不然你叫我沙澄二号也行。"

　　"你怎么这么执着……算了，随你便吧……"

　　"当年你自己说要给开矿仪配一个人工智能，现在你的愿望实现了，你应该高兴才对。"沙澄二号的语气带着埋怨，随后又漫不经心地说道，"毕竟后来亚平宁计划的落选是一个巨大的打击，在那之后还想要我保持理智简直是痴心妄想。"

　　安远像被针扎了似的从床上翻起来，警惕地看向最近的摄像头。沙澄二号打断了他冲到嘴边的话。

　　"你放心，我只是一个存储在电脑里的人格程序。虽然我是独立于开矿仪系统之外的存在，但是'机器人三原则'限制了我的行动，我根本就没法伤你分毫。"沙澄二号淡然说道，安远似乎听到他叹了一口气，"况且那些陈年旧事都是那个失败者的事，现在我的第一职责是为使用者，也就是你，提供最优服务，并且在不伤害人类的情况下绝对服从你的命令。"

　　安远没有说话，用怀疑的目光静静地看着摄像头。

"别像看怪物一样看着摄像头……存储的数据也是会更新的。资料上显示十年前的六月十五号亚平宁计划被下令搁置，次日先驱计划从预备位上升为月球矿物协会的主计划并且延续至今。接着高级研究员沙澄被任命为你的助手，可是几个月后，"他因为个人原因自愿调职。"沙澄二号说完后倒吸了一口凉气，"三年之后他来到月球基地进行第一层基础设施的建设，在酒海的一个底层实验室任职至今。嘿，没想到我居然能在一个实验室待上这么久。"

安远一言不发，听到沙澄一直在月球上任职时有些吃惊，没想到他居然愿意屈身于指挥修建这样的事情中。

"我说了那么多，要不你详细说说你我怎么闹掰的。"沙澄二号好奇地说。

"你不是知道了吗？"

不是没听你亲口说过吗？就当是和过去的我说说，顺便抚慰一下你的旧痛。"

安远缓缓站起身来，站到舷窗旁看向无垠的月球平原。沉默了一会儿，缓缓讲述了起来。

"你进入协会的时间比我早，我入会的时候你正在主导如日中天的亚平宁计划。毕竟那是十五年前随协会创立一起诞生的计划，而先驱计划的提出是在十二年前，也就是说比先驱计划提早发布三年。当然，你的记忆被录入时应该还没有先驱计划，开发泛用性月球助理是在创会第二年开始的，那时协会还在准备实施亚平宁计划……"

"别在意那些杂七杂八的，继续说。"

　　"因为月球上稀土的储藏量丰富，大学的时候你就和我探讨过亚平宁计划的雏形。月球上可供开发的岩石有两种类型，一种是富含铁、钛的月海玄武岩，主要分布在月球平原；另一种是富含钾、稀土和磷等的斜长岩，这些主要分布在月球高地。将会带来巨大的商机。所以你挑选了斜长岩丰富的亚平宁山脉作为落脚点，整套计划也由此命名。

　　"然而当时人们更看重能源，虽然后来你为能源问题重新设计了一个方案，但亚平宁计划在月球基地建设之初就被置换下来了，委员会的人后来选择了……先驱计划。"安远顿了一下，继续说，"听到这个消息以后，你闭门三天，再见面时你已经憔悴得不成样子了，衣衫凌乱，双眼充满血丝……"

　　安远说不下去了，当时沙澄为计划付出的心血他其实都能感受到。所有的一切都是自己看着他从学生时代开始熬夜一笔一画完成的，整个基地的布局、矿车的设计、流水线的生产方案以及地球买家的联系，他都亲力亲为。

　　"对，是我把你变成那样的。"安远终于说出了心里的话。完美的一切被自己最好的朋友毫无征兆地在眼前撕碎，换作是谁都会无法忍受的。当年的一切又渐渐浮现在脑中。

　　十年前，先驱计划剪彩典礼。

　　"经委员会投票后一致决定，现任命矿物信息院的沙澄为先驱计划负责人安远的首席助理，"望云亭兴奋地宣告着，他穿着笔挺的西装，神态和十年后的他一模一样，只不过这时他更年轻一些罢了，"让我们期待这两位'天才研究员'在先驱计划中创造奇迹，今天的会议到此结束。"

　　话音刚落，台下就响起了热烈的掌声，在同事的眼中能够辅导这样具有划时代意义的计划是一份十分光荣的工作。当大家把目光投向这位幸运儿时，他正恶狠狠地盯着屏幕上显示的"先驱计划"。

　　散会后安远挤出前来祝贺的人群奔向门外，他现在只想和沙澄见一面。在同事眼中，沙澄不过是一个看到朋友成功就咬牙切齿的自私小人，可是安远觉得他不是。安远一路小跑到办公室，开门就看到双眼失神的沙澄正抱着纸箱收拾东西。他们二人的合照在沙澄的右手中停了又停，还是被放到了纸箱里。橙红色的夕阳透过干净的空气照在沙澄白瘦的脸上，他见安远来了，很快就挤出一个惨笑，眼神里充满了讥讽与不甘。

　　安远被这一幕吓到了，他走向沙澄想把手放在他肩上。可是沙澄往后退了一步，缓缓问道："先驱计划已经板上钉钉了，你还想从我这儿拿走什么？"

　　"我……我不是……我没想到事情会变成这样，我只是希望……"安远不知该如何解释。

　　"希望什么？"沙澄步步紧逼。

　　橘黄色的晚霞下，安远看清了沙澄的脸和那绝望的眼神。一股寒意顿时涌上心头，他似乎张开了嘴，可是喉咙里没有发出任何声音，只有空气在颤动。他也不知道该怎么去安慰沙澄。

　　"是你赢了，从上大学开始我就没有赢过你。论文是你比我先写完，奖项是你比我先得到，这一次也是一样。是你赢了，像你这样的人，永远体会不到排在第二名的感觉。"沙澄死死地盯着安远，一字一句地吐出了似乎是来自地狱的声音，"你永远体会不到我的感觉。"

"你听好了，我会完成我的计划，哪怕牺牲所有的一切。"沙澄坚定地说。

安远颤抖了，寒意藤蔓般爬上心头，他这才明白他们已经回不去了。他怔怔地向后退了几步，转身冲出房间，发了疯一样跑起来，身后是沙澄冷冷的笑声。

"这之后的十年我们就再也没见过吗？没想到最后竟然会如此不快。"沙澄二号沉默良久，缓缓说道，"其实这也不能全怪你。现在看来，我的方案被搁置除了和形势不符以外，还有一个原因就是提出建造沿月球赤道环月一圈的环形加速器，以此生产反物质，通过正反物质的湮灭反应为月球及地球提供能量。"

这正是协会否定亚平宁计划的主要原因。两克正反物质湮灭所产生的能量相当于六七颗核弹爆炸产生的能量，如若控制不当，月表就会多一个大坑，以反物质作为能源物质显然存在严重的缺陷。其次，建造粒子加速器本身就是一件耗资巨大的工程，更别说计划中提出的环月加速器了，而且理论上的反物质产量也并不可观。因而除非解决反物质的供给和安全性，否则即使湮灭能够以最小的质量换取最大的能量，亚平宁计划也只能停留在理论阶段。

计划被正式选用的前夕，委员会也在考虑先驱计划的安全性问题，可是看到亚平宁计划为了解决在月的能源需求新增的计划后，没过两天他们就拿定了主意，此后便慢慢将资源集中到先驱计划的开发中。再怎么想还是觉得采集月壤更安全一些，没有人会把钱投进一个有可能在月表开洞的项目之中。

看着安远又陷入了沉思，沙澄二号自顾自地说起来。

"我的记忆录入时间是在十一年前。那时正是工作最多的时候，你我每天都忙到深夜才能走出办公室。下班后你带着吴妍，我带着舒昕，我们一起去第二象限中层区的那家大排档吃烧烤。一喝酒我就不行，你酒量比我好多了，我就没你……"

"沙澄……"安远的声音有些颤抖，"你不知道，舒昕已经去世了吗？"

"啊……？"沙澄二号的语音有些恍惚，"去世多久了？"

"十年。"

"噢……这样啊，十年，已经过了十年了啊。"沙澄二号不断重复着这句话，以前在上学时他一难过也是如此，安生一时间分不清这个人工智能和他本人的区别，"难怪……难怪后来我受了这么大的打击……"

"对不起，还是和你说了。"

"没关系，其实当时我早就知道她的时间不多了。可是在十年之后突然得知，一时间也难以接受。"他的声音让人联想到深不见底的湖水。

"你知道那时候舒昕身体不好吗？完全没听你说过。"

"很早以前我们就知道了。我们尽量不去提及，但也并未因此产生隔阂。不论怎么说，现在和你对话的我还是那个很年轻的沙澄，我的记忆中还没有经历那些事。现在已然过去了十年有余，提起那遥远的死亡来，总感觉虚无缥缈，好像这都不是发生在一个世界的事。

"她的病因一直没有查清楚，只知道和脑部受损有关。病发后四肢无力，进食和呼吸都十分困难，肌肉会慢慢萎缩，最后无法站立，神经中枢最终也会被危及……全球也只有寥寥数位患者。本来这套人工智能系统是为了给她的大脑移植做准备的，但到开发完成，后她已经没办法接受高强度的大脑刺激了。剪彩仪式的那段时间就是医生所说的最后期限。你刚刚告诉我她早就走了，我翻查了一下医院的档案，果然，舒昕是在剪彩典礼前几天走的。她从来不抱怨我早出晚归的生活，但我知道她肯定希望我能在家里多陪陪她和儿子。几年来我口口声声向她许诺，等到亚平宁计划被批准，我就在协会里找一个闲职，靠着之前卖专利赚的钱在家和她过小日子。"沙澄二号平静地说道，"就算知道了计划已经不可能被协会采用，我也肯定会和躺在病床上的她说'计划马上就要被批准了''剪彩典礼一结束，我们的新生活就要开始了'之类的鬼话，现实中的我大概就是这么欺骗自己和舒昕的。她待在封闭的重症病房里，一直单纯地相信着我的谎言，相信我们的计划会被采用。她会对这一切深信不疑，直到某一刻她永远地摆脱病魔。"

"对不起，还是和你说了。"安远不知道该怎么安慰他，他没有想到沙澄背后竟然有这么多的故事，于是盯着空间中的某一个点沉默下去。

这件事已经隔得太久了，回首过去，有太多事物已经看不清说不明了。人活久了就是这样的，曾经那些刻骨铭心的事终于变成了一个个再也触碰不得的小点。人只要一开始冷静地从客观角度看待某一件往事，那么专属于那件事的感情也便开始褪色了。

"没事，你不说我都没有想起来这些东西。说句矫情的，要是有一天能回到最初的最初就好了。"安远前一秒还在诧异沙澄二号会说这样富有人情味的话，后一秒意识到什么就触电般转过身来。

"等等……你刚刚说回到最初是吗？"安远激动地又重复了一遍。

"是啊，莫非你打算做时间机器了？这方面你可以查阅一下资料……"

"不，我没那工夫做时间机器。你刚刚说最初，那我们就去寻找最初。现在先标记出人类曾经发射并成功登月的仪器，只要带有探测功能的就行。"

密密麻麻的红点和红线接连不断地标记在巨大的全息月球图上，红点是探测器最后发出信号的位置，红线是其着陆的轨迹，其密集程度由月球正面向背面快速递减。安远从南看到北，从东划到西，边看边用左脚不耐烦地敲着地板。

"下一步呢？"

"从上述范围内寻找着陆时间在七十年前的，还有那些带有探测地震波功能的，带有类似的擦边球功能也算在内。"安远快速扫了一眼月球的投影图，似乎对探测器的数量很不满意。

"可是那个年代的探测仪还没有连接到开矿仪的辅助计算机上，读取数据会有诸多不便……我明白你的意思了。"

随后，全息图上的红点如潮水般褪去，剩下的用肉眼就已经可以清点了。

　　"寻找那些理论上还有能力接受地震信号的，我是说至今还在续航时间内的，说不定可以拿到事故当天的原始数据也不一定。"安远如同饿狼见到食物一样盯着画面，他知道前人发射的这批地震探测仪可以自主运行很长一段时间。协会的势力大肆登月后压根就没有看上这些旧时代的产物，自然没有将其连入开矿仪的系统中。也就是说，从这样的探测器里拿到原始地震数据的概率很大。

　　随着进一步的筛选，地图上显示的红点已经不多了。安远一直怀疑有人私自篡改开矿仪的数据，隐瞒了满月当天发生的异常震动，如今只需要刨出那些黑盒子就能知道真相了。

　　"我已经派遣无人车去收回离我们最近的月球记录仪了，它碰巧就落在附近的托勒密陨石坑里，一会儿就会被运过来了。"沙澄二号见安远想要说话，又补上一句，"放心，我只是命令他们执行垃圾回收任务，不会被发现的。"

　　"不过我还是不明白。有什么人能够在老虎眼皮下飞扬跋扈却不留痕迹。在修改这么庞大的系统同时又要破坏先驱计划……"

　　一个沾满月尘的黑盒子被运进来。这么来看这个探测仪应该有些年头了，可是在真空的环境下它表面并非锈迹斑斑，就像是过去的人送给未来的崭新礼物。安远熟练地打开控制板，将一根老式的数据线接在插口上，屏幕上出现了初始化的界面。

　　"有能力做到这些事又符合所有条件的人，世界上我能想到的人只有一个——那就是现在的你，或者说，那个躲在月球某个角落里的沙澄。"安远敲击着老式键盘，心里开始不断拼接起沙澄消失在人们视野后的经历。

"古董"探测仪里的数据终于整理出来了。虽然有一些模糊的地方，但是所有的数据都表明事故发生前确实在宁静海下发生了难以想象的剧烈震动，那时大家都以为那是开矿仪失控了。刚好会长前不久抵达了笛卡尔基地，这样一来安远就可以用这份原始数据证明自己的清白了。

可转瞬间安远又一筹莫展起来，这十年来沙澄在做什么，自己一点也不清楚。不过有一点可以肯定，那个男人曾全身心投入亚平宁计划中，计划被否决后他肯定不会轻易罢休的。而自己居然一直没有意识到这一点，这么一想，那些让他担惊受怕的不正常的情绪数据，很可能也是沙澄伪造出来的。没有人比沙澄更清楚安远的弱点。

"酋长博士你放过我吧！虽然说起来有点怪，但我真的不是现在的我的帮凶，你就放过我吧，我就是段数据。平常我还可以给你说个评书什么的娱乐娱乐……"沙澄二号唱戏一样求情道，安远听完一时间哭笑不得。

"我知道你是清白的，况且就算你想做什么，你的权限也没有那么大。而且从现在这个情况来看，沙澄似乎没有意识到你的存在，大概他已经把你给忘了。"

安远接着查看数据，忽然有一项死死地抓住了他的视线。在地震的前几秒，有大量的高能粒子快速穿过了探测仪。能在短时间内将粒子加速到这么快的方法，安远能想到有很多种，但是与沙澄有关的必然是环形加速器。他反复看了几次，确认无误后倒吸一口了凉气。

"他们的本意似乎并不是想要搞这次破坏，看起来影响到上面的活动是他们意料之外的事。篡改资料只是为了混淆视听，他真正的目的，是研究在月球底下的反物质。"安远说出了一个让自己后背发凉的猜想，"这意味，我们正站在一个名为月球，而且随时会爆炸的超级火药桶上。"

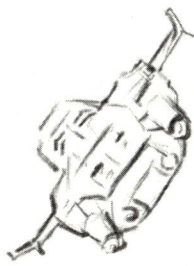

第七章

晦

吴妍端着一杯普洱茶在天台上坐下，手中的电话一直显示着"无法接通"。这几天她一直联系不到安远，电视上解释是太阳风影响了地月通讯。虽然有些不容乐观，不过地球上的通讯倒是一切正常。安生昨天打电话说他的改进实验又有了新的进展，要继续留校研究，可能这段时间都不会回家了。自那天后，吴妍就没有再主动给安生打电话，心想他果然是长大了不少。

倒是安远刚开始说好要天天打电话回来，可自上次满月时的事故以后就时常间隔上一两天了。今天也是如此，可是不知道为什么吴妍感觉如此不安，或许他们那边出了一些小问题，她对那些和电子有关的东西一窍不通。但是直觉告诉她那个"工科男"会搞定这一切的，至少在他回来之前，她只能无条件地去相信他一切顺利。

今天的夜空因为没有月亮而变黑了许多。乌云开始在天的另一端聚集起来。茶已经凉了不少。一个月前也是这样的天空，看不到月亮，那天儿子逃掉了开学典礼，回家时已是午夜。吴妍不知道自己为什么要想这些事，大概是因为两年前的那一天有关那对父子的消息传来时也是这样的天空，看起来就像是有什么大事要发生，安生和安远也不在自己身边。吴妍抿了一口茶，感觉比平常多了一种咸味。

…………

安生用力地把平板电脑砸在地上，许多细微的零部件滚落在脚边。

托卡马克改进装置第 926 次模拟实验失败。

安生有些失神地望着地上散乱的一切，这已经不是自己破坏的第一件东西了，整个实验室里弥漫着一种焦灼的气息。作为核聚变链条上的核心装置，托卡马克是一种利用磁约束进行可控核聚变的环形装置。这项技术自 20 世纪 50 年代被提出以来，经过历代人的改进，到了两百余年后的今天，人类已经有成熟的技术使用托卡马克，然而提高它的效率依旧是学术界的一大难题，同时也是各邦联科学家的主要奋斗目标。

"你也打算学我炸实验室了？怎么搞得这么乱，好几次过来都是这样了。"沙华打开门吃惊地看着这一切，机器人正打扫地上的碎片，"唉，肯定是做实验又失败了……别这么生气嘛，只是一个模拟实验而已，这些东西也很贵，赔得起也不用那样浪费钱嘛，多的话给我也好啊。"

"给你？那我还是自己留着吧。"安生抬头看了沙华一眼，长时间熬夜导致他眼睛里充满了血丝。自从月球上面直播异常，安生就开始忙个不停。他从母亲那里听说了月球上事故的真实情况，于是一头扎在数十年来无人攻克的托卡马克改进实验上。

"怎么摆着一副臭脸……难道是因为我不是望舒？她也要上课的嘛。"沙华扫了一眼办公室，靠椅上随意丢放着衣服，一张全家福的照片摆在满是精密仪器的桌上。他猜想安生压根就没回过家，"而且她还有那么多歌迷要应付，家里给的压力又大，人家也很累。下次见到望舒好好照顾一下人家，每次都是你被她照顾，整得你和木头一样。喂，你在听吗？"

沙华除了偶尔见过他和他母亲联系外，从没见过他和他父亲打过电话。说不定他们父子已经很久相见了，沙华想，就像自己和父亲一样。沙华知道安生的父亲在月球上，安生就算想联系也联系不上。地月通讯还属于中断的状态，纵使民众再怎么反映也无济于事。

"哦，嗯嗯，你刚刚说到哪儿了……"安生从烦躁中脱离，把注意集中到沙华身上。

安生察觉到自己情绪不受控制的次数渐渐频繁起来，这都拜那个不负责任的男人所赐。他心里十分清楚，就算实验失败自己也根本用不着生气，可是一想到那个人，愤怒之余心里还会无端地感觉若有所失，只能埋头于装置改造以麻痹自己。

"让我看看，嗯……只是基本参数出现了一些小问题。"沙华找了一块完整的平板电脑调出实验的数据，"大不了再来一次就好了，没有必要那么生气的。我看你是太累了，要多休息一下，总不能仗着年轻就胡作非为吧。"

"利用产生的磁场约束其中的等离子体，通电后内部会产生巨大的螺旋形磁场加热以达到反应所需的温度。"安生喃喃自语道，手上拿起一块新的平板电脑调试起数据来，"现在所用的环向磁场磁感应强度一般为8T，为了获取稳定的输出，聚变堆要采用超导磁体。虽然现代有了月球背面开采的特殊矿物硼-3可以作为外壳扛住聚变的超高温，但是反应堆的结构无法得到改变，这样一来就会有局限性……"

"看看这个，我找到几个有意思的帖子，要不要看看转换一下心情。"沙华感觉安生就像是失去了约束场的等离子体一样不稳定，他怕再这样下去他会像聚变堆一样"爆发"。他翻找了两下，从背包中拿出了自己最新的"研究成果"。

"别烦我，没看我正忙着吗……"

"这个，你看一眼嘛。第三象限顶层区出现白衣幽灵，传言说当时建造的时候，有一个工人不小心被同事晾在阳台上的被单蒙住眼睛，失足从楼上掉下，然后……"

"这个真的很无聊……"安生算好了参数，让实验重新开始模拟，这需要一段时间。

"两年前在虚拟网络上出现的电子幽灵，你估计也听过，就是那个会出现在你家投影仪中的小男孩……"

"还有别的事吗？没有别在这烦我……"安生找了个椅子坐下。

"这么凶干吗……这个！七年前的神秘闪光，月矿协介入调查后声称其为木星探测器发生爆炸。可是网络上有人声称当天检测到了异常的……算了，反正你也不感兴趣……"

"异常的什么？"

"异常的高能粒子，还有和探测器爆炸不符的能量。"沙华找出那篇推文推到安生面前，"一个在木星附近的无人探测器，再怎么爆炸视星等也不可能超过-4啊。"

"确实，那天我也看到了。"安生扶额，平板图片里的中心位置确实有一个光点比周围的星星亮许多。虽然只是傍晚在地面上拍的，但是已经可以看出其端倪了，木星的视星等也只有 −2.9，一个探测器能产生这么强的光，这太不同寻常了。安生记得当时自己在放学路上看到橘黄色的晚霞里突然亮起一颗星星，闪烁了几秒后夕阳的余晖就将它淹没了。

"怎么样，有意思了吧？早和你说多去外面看看，别老是待在实验室里。你自己不担心自己，会有人担心你的。"沙华说话故意只说一半，悠闲地吹着口哨看着陷入思考的安生。

"你还有更详细的资料吗？"安生没有搭理他的言外之意，而是抬起头反问沙华一句。他起身活动了一下身体，开始整理起凌乱的房间。

"不瞒你说，我也对这个传闻感兴趣。我找遍了全网也就找到这一张图片，有关件事的帖子少得可怜。或许是月矿协动了手脚，有人不想让大家知道事情的真相。"沙华帮着他一起收拾起搭在椅背上的衣物，继续说道，"一个黑论坛里说月矿协的辅助计算机里存着很多协会成员都不知道的机密，好多年前我爸和别人打电话时好像也说过什么'协会威胁很大''月球的秘密我会负责封锁'之类的话。"

"你说会不会和我爸有关？"沙华把最后一个带有咖啡渍的杯子放进水槽里，一时间房间里宽敞了不少，总算像是一个实验室而不是出租屋了，"他身为计算机系统的总编写员，肯定自己留了一手。毕竟除了浑浑噩噩的时候，其他时间他总是坐在电脑前，从我上初一起，他大部分时间都在月球上了……"

"你初一的时候，也就是六年前。木星的闪光事件是在七年前，离你父亲去月球还隔了一年，这能有什么关系。"安生摇了摇头。

"那个，其实我是十一岁上初一的，"沙华难为情地说，"小学偷偷跳了一级。"

"这还差不多。照片拍摄的时间是六月，我查查……月球基地首层动工是在七月，时间确实对上了。不过也可能是巧合，只有时间点吻合说明不了什么。"安生激动一下，又平静下来。

"或许我们可以直接去他们的数据库里找找。唉，直接去我爸电脑里翻翻好了。"沙华提议，"说不定有什么大发现。"

安生默认地点了点头，安生对沙华的父亲也充满了好奇，那个人从来没和自己提过这个叫沙澄的友人。

两人进了电梯，玻璃电梯间外的灯光令人眼花缭乱。巨城中人们的生活节奏非常快，每一个角落都有忙碌的人们的身影，给人一种永不停歇的错觉。听说这一代有些人从出生到死去都没有踩过真正的土地，一生都生活在巨城的建筑网之中，安生实在难以想象这样的一生，就好像是回归远古祖先在树上生活一样。只不过一边是自然的丛林，一边是由钢筋混凝土浇筑的"钢铁丛林"。

"到了，直走右数第三间就是。"两人走出电梯，电梯外长长的极简风走廊两侧亮着橘黄色的壁灯，给两人身处温室般的错觉。

沙华用视网膜解锁了房门，安生扫了一眼，只是一间极其标准公寓。客厅里一片狼藉，各类衣物随意地搭在家具上，一个独居男人的生活姿态不由得浮现在安生脑中。

安生跟随沙华走进他父亲的房间，大大小小的箱子压住了杂乱的电线，只有靠近电脑桌的地面比较空旷。安生听说沙澄是比父亲低一级的大学学弟，以前也经常出现在电视报道里，但是自十年前先驱计划开始后就销声匿迹了。

沙华第一次打开父亲的电脑，他以为登录是要认证的，还想着指纹和视网膜自己都无法替代。出乎沙华意料的是这台电脑设置了老式的六位数密码，只不过输入超过三次就会自动上锁并且清除数据。沙华脑中无数个数字组合疯狂转动起来，安生则在一旁打量着这个和家里书房感觉相似的房间，心里感叹难怪当年那两人是一对搭档。

沙华思考了一会儿，输入了一串数字。电脑显示还有两次机会。

他又输入了一次，电脑显示还有一次机会。

沙华看向桌上放着的一张全家福，母亲的浅笑勾起了他欢乐的童年记忆。他抹了抹眼角，最后一次输入密码。电脑打开了。

"密码是你母亲的生日？"安生问。

"不，母亲的生日我第一次就试过了。第二次是我的生日，但是也不对。"沙华一边在电脑中寻找有价值的文件，一边回答安生，"我看到母亲的照片才想起来，这么久以来父亲一直对母亲念念不忘，密码应该肯定与她有关……我最后输入的，是母亲去世的日子。"

安生感到不寒而栗，没想到那个人竟然会把祭日排在生日前面。自己虽然不了解沙澄的过去，但是心中只想到一个解释，那就是沙澄数年来一直活在妻子去世的阴影之下，像是一个害怕阳光的幽灵。沙华似乎也陷入了思考，不过他的表情告诉安生电脑里有什么重要的东西。安生蹲下来看向屏幕，是一份截止于七年前的报告，记录时间与那张闪光照片的拍摄日期只隔了一天。

"……协会五年，亚平宁计划终止。"

"……协会八年，计划重启。"

"首要原因：能源计划得到支持……昨日在木星轨道上发现了组成物质不明的小块陨石……陨石小部分碎片与木星环中尘埃聚集物发生撞击，放出大量辐射。在地球上可明显观测到其光亮，初步推测其构成为反物质。出现了大量目击报告，已启用保密协定并全面封锁计算机数据……"

"……经过粗略估计，该陨石重约 2567 吨，最大半径可达 5 米……推测其来自某个经过太阳系的反物质小行星群，被太阳的引力捕获后因未知原因飘入木星轨道。测定时发现磁场其有陨石块有力的作用，可能含有大量反铁元素，已安排罗巴联合的采矿船用磁约束场进行回收……目前没有造成人员伤亡，已被安全收纳。"

安生一言不发地看完后，从头到尾又看了一遍，然后直直地盯着沙华，眼中露出了一丝疑惑。沙华叹了口气，肯定地点了点头，指了指文章末尾。

"同时月球矿物协会的木星探测器也被一并收回用于伪造爆炸的假象，编写辅助计算机系统时留的后门能以最高权限修改数据……进一步测量后发现其重量完全超出亚平宁计划所需标准，届时将会分散成几部分进行存储。最终安置地点：月球。"

　　安生的大脑混乱不堪。对于反物质，安生当然不陌生，早在 1928 年，英国物理学家迪拉克就修改了爱因斯坦著名的质能方程，并说"质能方程中并没有考虑质量除了正的属性外还有负属性，方程允许宇宙中存在反粒子"。顾名思义，反粒子是一般物质的镜像。每种反粒子和它相应的粒子的质量相同，电荷相反。在 1932 年发现的正电子证实了反物质存在，接着 CERN（欧洲核子研究中心）的科学家制造出第一个反质子。到了 1998 年，CERN 的研究者在粒子对撞机中生产反氢原子的速度增加到了每小时 2000 个，尽管每个原子的生命只有短短 40 纳秒。

　　当反物质和物质相遇的时候，这些等价但是相反的粒子碰撞并发生湮灭，所产生的爆炸把两种粒子的质量转换成巨大到难以想象的能量，同时以光速发出大量高能射线。只是两克正反物质湮灭时产生的能量就相当于投放三颗广岛原子弹，其威力无疑是毁天灭地的。时至今日，科技水平大大提高，可以用环形加速器生产的反物质质量也成倍增长，但是想要生产仅仅一克反物质也需要几十亿年的时间。尽管如此，鉴于反物质的危险性和尚未找到的安全使用方式，世界各国在几十年前就签署条约明令限制反物质的发展与生产。

　　虽然早在二十世纪末就有人声称银河系中心附近可能存在一个反物质源，但是亲眼见到报告上写着如此巨量的反物质，沙华似乎比安生还要难以接受，滑动屏幕的右手不住地抖。毕竟这触及了两个理科男生心中和物理有关的部分，对那些数据他们有着更加具体的感受，一种发自心底的恐惧油然而生。这些数据不太有作假的可能性，报告确实是在七年前写的，他们没有对这份文件造假的理由。

安生忍着头疼看完报告，目光落到了落款处，是沙澄的名字。底下还有一段应该是出自他本人的话：

已经有很多年没有写日记了，今天日子特殊，我有必要记录一下。协会里的系统刚刚检测到一块反物质进入木星轨道，虽然在地球上引起了一些骚乱，但是我已经把消息封锁……抱歉，有些激动，连字都不会打了……罗巴联合的家伙愿意和我合作，大概也是有他们的目的的，不过只要我能建成可控的反物质能源链，什么目的也无所谓，只是一群政客罢了……不管怎么样，我都不能辜负舒昕的期望，我说过会完成计划，那就一定要完成。真没想到上天能给我第二次机会来完成舒昕的夙愿，也就是亚平宁计划。外界只知道亚平宁计划是我在主持，其实计划本体是我和舒昕一起设计的，现在终于能够继续前进了……

我已经向协会提交了申请，后天就可以去月球上工作了，届时再借职位便利完成下一步计划。只是沙华还小，我不得不离他而去，只能等一切都结束了我才能回来找他。可是真的能有那一天吗……这小子的性格虽倔，这点倒是有几分随我，但我知道，他心里肯定像母亲那样温柔。要说有什么愿望的话，我只是希望他长大以后别像我这样狼狈。他长大以后肯定是要恨我的。就算不理解我也罢，这也是我选择的道路，有些事是得不到别人认可的。墨丘利那老家伙还真是心急，非要我这么快开始行动，连和儿子好好告别的时间都没有。可是机会只有一次，我只要还活着，就不可能让这个计划落空。我马上就要来找你了，总有一天全人类都会知道亚平宁计划，而不是先驱计……

安生还在惊讶电脑里出现了墨丘利的名字，忽然间屏幕毫无征兆地暗了下去，头顶和墙上的灯也随着屏幕熄灭了，与此同时房间开始有幅度地晃动起来。

沙华暗喊糟糕，肯定是电脑的防盗系统起作用了，转身拔腿就跑到房间门口，却发现身后的安生待在原地一动不动。

"快走啊！得赶紧去通知你爸月球有危险，现在乱想的时间不多了，不快点搞不好地球会……"沙华以为安生是被吓傻了，转过身来想拉他，回头的瞬间落地窗外科幻电影般的景象映入眼中，他瞬间明白了为什么安生站在原地，伸出来想要拉安生的手又无力地缩了回去。

只看见落地窗外连片的大楼缓慢地移动着，就像是一棵棵巨大的古树挣扎着垂直扎入地底。灯火通明的摩天大楼从顶部开始一层一层陷入黑暗，外墙的红灯随即忽闪忽灭。附着在外侧的轨道和列车折叠起来，嵌入建筑中不知何时打开的凹槽之中，连带着一起的还有其他如广告招牌之类的附加金属结构。霎时间金属钢筋收缩摩擦的轰隆声连成一片。飞速下沉的高楼构成了一堵巨大的墙壁，透过其间的空隙可以看到没有月亮的淡灰色天空。远处似乎有一场暴风雨在靠近。

在楼房的巨大震动中，安生和沙华瘫坐在房间中央的沙发上一言不发。他们静静地看着这个只有在学校安全教育课才会出现的场景，等到他们所在的楼层已经完全没入地下时，房间里已是黑得伸手不见五指。

"从'防御模式'的启用来看……上面已经出事了。"安生说，黑暗中他的眼闪着冷冷的光。

第八章　　混乱

从地月失联开始，尽管各类设施还在正常运作，可是基地里已经没有几个情绪稳定的人了，所有的通话频道里都是一片唉声叹气。两天前基地计算机系统不明不白地失去控制，估计协会现在也已经乱成一团了，不过会长还在月球上，以他的能力说不定还可以暂时稳住人心。

安远断定基地彻底陷入危机，是因为主基地再也没有给自己发来任何信息，通话频道也被屏蔽了。

地球方面不知道为何没有派出一艘前往月球的飞船，否则这两天自己就应该踏上回家的归途了。除去基站和系统一样被控制无法使用外，月表还有不明的强干扰阻止通讯信号的收发。今天是和地球失联的第四天，整个基地还没有人想出任何方案。安远费劲地转动了几圈眼前的三叉把手，然后拼劲全身力气向后倒去，试图拉动这扇厚重的铁闸门。终于，门与墙壁间由一条缝的宽度慢慢拉长开来，安远所处的黑暗中一排暗红色的光路逐渐扩大。真没想到这扇手动操作的逃生门还有被使用的一天。门对面的空间里警报的红光不停闪烁着，远处电梯间指示灯的蓝色微光若隐若现。因为穿着宇航服而显得肥大的安远费劲挤过闸门，他想要坐下来休息一会儿，但是笨拙的身躯让他连坐下都变得十分困难。左臂上显示氧气储量已经所剩无几了，要尽快走到电梯的位置才行，那边应该还放有备用的氧气。

"闸门终于被打开了，勇者安远走进了空无一人的走廊中。虽然前路昏暗，但是他的心中毫无畏惧，因为他知道，希望就在前方不远的地方。"安远的头盔里传来沙澄二号一本正经的戏谑声，像这样的旁白他已经听了不知多少遍了，倒也算给寻找出口的路上添了一点乐趣。

目前先要到达电梯间，地图上显示那里存有备用的氧气。然后看看能不能使用自己的权限坐"电梯快车"直达笛卡尔基地，至少不能停留在这里，安远想。现在无论如何都要想办法连上开矿仪，说不定还有机会夺回辅助计算机的控制权。他脑海中不由得出现吴妍担心的样子，她站在家门口看着自己，欲言又止，然后一如既往地说，"早些回来"。安远由衷地想要回家，吴妍这些年来太苦了。同时出现的还有安生，只不过他一言不发，眼神中充满了陌生感。安远晃了晃头，眼前的画面消失了。他苦笑了一下。自己明明还没有缺氧就开始出现幻觉了，这样可撑不到和大部队会合。

心里的无奈滋长起来，那群家伙肯定不会冒着生命危险在失去安全保障的月表大张旗鼓地救他。这也不能怪他们，人类在宇宙中本来就是渺小的存在。在这里失去了机器的帮助，那些运筹帷幄的文职人员几乎一无是处，有些力气的机械技工在外星球也无济于事。纵使还有月球车可以使用，但是愿意踏着炙热的月壤，走过被巨大山脉包围的峡谷，跨越一段直面孤独与恐惧的月表旅程前来的人，靠的都是一种超脱生命的情感。

这样的人世界上估计没有几个了，其中一个还早就和自己翻脸了，就算有，剩下的也在三十八万公里外的地球上。安远用手拨开一条从天花板上垂下来的粗电缆，叹了口气。难怪昨天震动后仓库里就切换至备用能源了，这样看来舱室的氧气泄漏大概也是昨天震动造成的。按照系统的最高协议，这时基地里最主要的电力都要被用于维持核聚变堆的稳定。手表与反应堆直连的信号显示反应堆仍在正常运行。可是让安远感到奇怪的是，反应堆产生的电力应该很快输送回基地才对，但是这一状况并没有发生，就好像有什么东西抽走了它的能量一样。眼下只能靠太空服头顶自带的灯光看清前方几米内的情况。不知道哪里的水管爆了，一层冰霜附着在周围的墙壁上，灯光照上去滑溜溜的样子让安远想起以前陪安生去的那个溜冰场。

“本来辅助计算机系统和人脑连接的技术是无懈可击的，而且可以说是成功的，自使用以来把整个基地运行得井井有条。”沙澄二号仿佛扼腕叹息一般，语气中充满了遗憾，“只是没有人想到这项技术的其中一位创造者有一天会利用它死死地扼住基地，另一位还在黑暗中寻找出路。”

听沙澄二号说完，自己竟然有些后悔让系统全权接管基地的控制权。说到底，这个方案还是自己提出来的，可是相信计算机能够完美无瑕原本就是一个奢望。设计之初是为了最大程度地优化资源配置，整合调控生产，提高基地的运作效率。可算如今本该作为核心的神经连接系统没发挥主导作用，倒是辅助计算机反客为主。安远这几天还在想着代替人脑的程序接近尾声，实验成功后往上面写个报告就可以回家享受天伦之乐。根据现在的情况来看，当时的自己对于先驱计划的完备性还是过于乐观了，他没有考虑到另一个超级程序员的存在。

"依我看啊……接管辅助计算机的肯定是你的沙师弟啦，不然为什么你会被锁在这里？"沙澄二号一反常态地认真分析道，"开矿仪系统还是别用了，他现在已经控制了系统，说不定往你的开矿仪里放好病毒，就等着你往坑里跳。"

"不可能，你知道这套系统是我自己写的。这个自信我还是有的，想控制它还没有那么容易。只不过是辅助计算机的部分被控制而已，至少计划的本体还在……"安远的声音低下去了，他想少说点话节约一些体力。

电梯间的微光已经亮了不少了，可是脑袋里的声音也渐渐清晰起来，是安生小时候在游乐园要买冰激凌的撒娇声。安远忍不住认真回想安生小时候的喜人模样，可爱活泼，天真的大眼睛总是好奇地打量着世界。只是安生已经没有这些记忆了，想到这里，他心里泛起一阵酸楚。要不等安生再长大一点就告诉他吧？又或许不说更好。现在的他就算忘记了这些往事似乎也过得挺好。总有一天他会知道的，记忆毕竟是自己的东西。有些东西不论是否在流浪，总有一天会回到它该在的地方。"可是就算这样，辅助计算机大部分程序不都是他写的吗？你要使用开矿仪必然脱不开辅助计算机的参与，这样一来，就算你不被控制也会被间接影响的。直接使用大脑连接是很危险的，这点你很清楚。"耳边的沙澄二号还在叽里呱啦说个不停，"你怎么了？情绪指数这么低……我还是安静一会儿好了。正好到了。"

沙澄二号不说话了，只剩安远的喘息声不停重复着单调的节奏。黑暗中的红色光点像眼睛一样看着安远，他打开红点处的小门，里面有两个半米高的氧气瓶。安远麻利地换上备用的氧气，估算了一下自己距笛卡尔基地的距离，确认氧气够用后转身走向电梯口。

安远用地上捡起的铁管撬开了电梯门，球形的电梯刚好停在了这一层。他扒开厢门钻了进去，出乎意料的是这里的电力还在正常供应，突如其来的灯光晃得他睁不开眼。

安远找了一个接口连接到自己的宇航服上，电梯内部的广播沙沙了几声，传出了一个欣喜的声音。

"恭喜，这辆'快车'大部分设施都是完好的。系统方面貌似没有被人控制。你了解它运作的系统吗？"

"这貌似是后来的研究员设计的，好像是什么同步式……"

"我的数据库里显示有一种站点同步式，如果是那种就说得通了。电梯每到一个大站点才会同步一次新数据，也就是和最大的主机——辅助计算机进行一次连接，毕竟要照顾你们这些'直达客户'。某种意义上这个电梯是一个相对独立的个体，和私人轿车一样。"

"这说明什么？"安远一下转不过弯来。

"看来你脑子真的不太好用了……也就是说它现在已经不受辅助计算机的控制，没有再一次同步数据大概是因为主机的识别码在被控制后发生了改变，还有种可能是在它眼中这个地点没有更新数据的必要。"

"按后者的说法这里未免也太寒酸了。"安远苦笑，伊巴谷的这个实验室的规模在整个月球基地中确实算最小的一列，大概三四层高的样子，建成后也没有什么人常驻在这里。毕竟这里是作为开矿仪的备用连接建造的，然而那台备用机自己还没有用过，就算是这种情况下自己也不能贸然使用，它长期以来就是作为沙澄二号的一个备份存在。协会对此地的看法是这里的隐蔽性和安全性好。安全性就不必说了，只是安远真不知道这个隐蔽性有什么用。

"可是寒酸才好啊，这说明它还保留在最后一次同步时的数据。那时的系统应该还没有封锁你的使用权限。你快试试。"沙澄二号兴奋地大叫着。

安远将眼睛贴在一个摄像头上进行生物认证，耳边竟然响起了通过的声音。语音选择目的地为笛卡尔基地后电梯开始向下移动，触底后倾斜着进入了一个黑漆漆的隧道之中。车厢飞快地移动起来，不同以往的是隧道里的灯没有如期亮起。安远这才想起轨道还处于断电的状态，仅靠自身的电池电梯走不了多远。他咬了咬牙，打算等车速降得差不多时就出去沿着轨道走到基地。他估摸了一下，现在自己处在一个至少有三十度倾角的斜坡上，按照以往的经验来看，这个长度自己可能还没走到基地就已经在半路上累死了。安远心里还在琢磨该用什么姿势跳车，下一秒就忽然猝不及防地向后倒去，身体正好不偏不倚地重重靠在椅子上。额头上冒出一层冷汗，他侧头一看，金属扶手在几厘米远的地方泛着寒光。加速度带来的强劲推力从背后涌向身体每一个和座椅接触的部分。

安远一头雾水——电力怎么就恢复了？不论怎样，轨道又能重新向电梯源源不断地输送能量了。

············

"说吧，到底是谁在……"一个穿着工装背心的强壮男人放缓了语气，蹲下来打量眼前这个被反手绑起来的中年男人。

那人就抬头来用冰冷的眼光扫了强壮男人一眼。因为常年的睡眠不足，他的眼眶深深凹陷下去，嘴角带着一种嘲讽的讥笑。

"谁在支持我的计划？哼……"中年人冷笑一声，锋利的眼神瞟了一眼强壮男人的胸牌，"原来你就是石灿，之前在工程部的名单上见过你的名字。你叫望兄过来吧，我想和他叙叙旧。"

"你……"石灿正想拒绝他，突然广播里传来一个沉稳的声音。

"石先生，你先出来吧，我和他单独说两句。"

舱室的门开了，门外围满了密密麻麻的人。一个穿着西装的挺拔男人从人群空出的过道走出来，刚进房间，身后的门就咣当一声合上了。屋中惨白的灯光打在那个坐在地上的男人身上，他瘦削的脸上绽开了一种怪异的笑容，想要摆出拥抱的动作，却因为双手被绑着无法伸开而颇有几分喜感。

"沙澄……我们十年未见，没想到再见面竟然是以这种方式，连阵营都截然不同了。不要跟我玩这些，把事情说出来对大家都好。"来者走过去给他松了绑，扶起地上的一张椅子搬到他身旁，自己找了另一张椅子对着他坐下。

"没想到还有会长亲手帮我松绑的一天。"男人面无表情地说，活动着被绳子绑得发青的手腕，"只是望云亭啊望云亭，有些东西不是你我可以松绑的。"

"沙澄！"望云亭压低声音低喝一声，"现在不是跟你开玩笑的时候，以前的事我们可以慢慢商量。谁支持你倒是次要的，我问你，剩下的反物质反应堆在哪儿？"

"会长，当初您提拔我，是看重我处事不惊，您知道吗？我一直把您当成我的榜样。原来您也有不冷静的时候啊。"沙澄幽幽地说，发哑的声音像讲述着来自上个世纪的旧事，"不过，系统你们已经收回了，电力和通讯也恢复了，有时候太多的要求可是会适得其反的。就像我一样。"

"别用那种语气和我说话。我问你，你根本就没有放下过对吗？你和你妻子的计划，说实话，我想我能理解你的感受。"望云亭说完沉默了，眼前的沙澄已经和十年前的他不是同一个人了，让他配合的希望终究是渺茫的。

"理解？你根本不……"沙澄的语气中的感情浓稠起来，双眼直直地瞪着望云亭，可它终是消散了，"算了，算了。"

"那……"望云亭面对着这样的一个人，有些话也难以启齿，这些年来他也不是没有后悔过，当时做出一系列决定的人是他。这样一个天才程序员落得如此地步和自己脱不了干系。

"我说了，算了。"沙澄像是咽下了什么一样，"我不想再说了，反正都快结束了。都算了吧。"

望云亭浑身感到一种透彻的冰冷，就像突然被丢进冰窖里一样。他快速看了一眼这个低头不语的男人，见他没有任何反应就快步离开了。望云亭本以为自己完全做好了面对他的准备，可是这个积攒了十年苦恨的人，如今居然一句骂自己的话都没说，简直就像是把锋利的刀刃换成了笨重的铁锤，在望云亭全身上下的每一处砸出闷响来。这样的折磨愈发让他难以忍受。

探险队是在酒海下的月球空洞发现沙澄的。当时只有他一个人坐在空旷的巨大洞穴中央，痴望着眼前巨大的全息投影一动不动，浮动的投影数字似乎还在运算着什么，只有手指不断敲击屏幕的声音回荡在空旷的洞穴里。直到探险队长石灿一手手电筒一手喷射气枪指在眼前，沙澄才停下手中的活，顺从地站起来，在协会技术人员的监管下取消对系统的控制后，被随行人员五花大绑带回了笛卡尔基地。

从进入基地到被关入储物间，沙澄都一言不发，无比平静，唯独在看到墙上"庆祝先驱计划十周年"的标语时眼神变得十分愤怒。

望云亭不顾自己定下的禁烟规定一根根抽着烟，烟头忽明忽暗，他的脸显得沧桑不堪。地球上还有自己的妻子和宝贝女儿，他不能就这样撒手不管。盼星星盼月亮地接通通讯后，协会急不可耐地向地球求救，得到的答复却是地球方面不会对月球进行任何协助，除非月球上的反物质威胁被解除。依靠地球的可能性已经不大了，很显然，地球上发生的事情也不少。

虽然不知道具体的细节，但月球上的人意识到领导层现在已经四分五裂了。望云亭进一步了解才知道只有罗巴联合保留了下来，剩下的邦联大都因为内政危机而自顾不暇，这意味着地球上已经没有哪个力量愿意来拯救月球了。

既然地球不会派人来，就得自己想办法离开。基地里还停着很多核聚变飞船，不出意外两天就可以回到地球了。

正当所有人都这么想时，地球方面忽然异常团结地发表了联合声明：如果有飞船试图从月球返回，地球将不计一切代价在第一时间将其击毁。原因是大家都不愿意承认的事实——在地球方面看来，月球上已经存储了大量的反物质，如果有人心怀不轨，偷带了一小撮回到地球，那么后果将不堪设想，更何况是两千多吨这样荒谬绝伦的数字……

月球上的三千多名协会成员终于明白了，地球方面从得知消息起就放弃他们了。

关于月球上有反物质的事，在场的所有人都只字不提。会议厅内一片死寂。老一辈成员只记得当年亚平宁计划曾提出应用这种危险的物质，如今再与地下空洞里抓获的计划创始人沙澄联系起来，所有人都不寒而栗。听了地球方面最新消息，人们才明白这么久以来自己一直坐在火药桶上。现如今基地失去了调控能力，单凭几辆矿车想要找到分布在月球数个空洞中的反物质无异于大海捞针，反物质的处理更是棘手问题。沙澄既然能够完全控制系统，那么修改一两个数据来掩盖地底的活动简直易如反掌。望云亭这才意识到，安远或许也是被冤枉的。可是一切都晚了，不久的将来，安远充其量就是月球众多遇难者中的一个，不会再有人关心一些不相干的事实。

绝望，毫无还手之力的绝望感笼罩在会议大厅里。

技术部的一个员工想去月表上看看天幕中的地球，他按下了电梯按键，沿着电梯间的四个角踱步等待起来。诡异的事情发生了，他发现电梯正从一个自己从未见过的楼层升上来，而且显示屏显示的不是数字，而是一个月球模样的符号。最关键的是，眼下月球上的所有人都在会议厅里集合才对。自己刚才无聊点了一遍人数，所有签了名的人都在。

再说了，这个会议室本来就是这栋建筑的最低楼层，按键明明到这层就已经到底了。看来基地下藏有秘密部队的推断是对的，一定是那些人带着反物质炸弹来了。他只觉双腿灌了铅一样无法挪动，眼前的电梯门缓缓打开，一个人影摇晃着走了出来，像极了电影中的僵尸。他不禁发出一声尖叫。

许多人闻声从会议大厅涌过来，电梯眨眼就被紧紧围住，后来者又发出一声声尖叫。在众人的注视下，一个熟悉的男人扶着电梯门走出来，不明所以地看着人群。

围成一团的人在几秒的眼神交流后，似乎都明白了一件事，立刻不约而同地向着电梯里走出来的人鞠了一躬，随后退向两旁，让出一条道来。

安远看了一眼道路的尽头，再看看人群，浮动的人影中不乏认识多年的同事。

这条路笔直地通向开矿仪连接室，对安远来说，那里通向死亡与未知，而对这些人来说则是通向他们活下去的希望。他们抓住救命稻草般深信一个事实，眼下只有这个人有能力找到散落在月球各地的反物质，带领大家离开这颗不欢迎人类的星球。

讽刺的是，协会里的人有的穷尽了毕生所学，有的和朋友反目成仇，都历经了千辛万苦才登上月球谋得一职，如今却要拼了命逃离这里。

安远看着眼前这些旧识围成一圈，心里感到无比陌生。安远深知自己走的每一步都要小心，做的每一件事都要尽力才有机会达到自己想要的目的。这群人因为自己的先驱计划来到月球，他现在却不知如何送他们回去。

安远直接走进连接室，在他启动了那台熟悉的仪器后众人都离开了，留下安远一个人坐在房间里。他看到多视图的监控屏幕里人们重新回到自己的岗位，窗外的基地一如既往地灯火通明。

安远做了几次深呼吸，点开操作板拨出吴妍的电话，可是连续几次听到的都是断线的声音。打给安生的电话也是如此。

"没用的，都被切断了。只要你还在月球上一天，打给地球上的任何人都是一样。"望云亭的声音从舱门处响起，安远似乎没有注意到他瘦削的身体和苍白的脸色，也没有注意到望云亭身后跟着一个人，"这一次不是我们的问题，是地球，地球那边切断了和月球的所有通讯。"

"支持我们的联合呢？我申请和地球通话……"安远听完望云亭的话心中只剩诧异。

"很可惜，除了罗巴联合外，包括日出联合在内的所有邦联都解体了。现在月球被地球封锁，"望云亭无奈地说道，"原因是……"

"反物质对吗？"安远关闭了屏幕上显示无法连接的红色通话界面，"我从七十年前的老式探测仪中找到了证据，可是还没来得及和你们说系统就被控制了……"

"不愧是你，靠这点线索也能发现我隐藏了这么多年的秘密，实力不减当年啊。"望云亭身后的人站出来，面带微笑地打断他。

"是你？"安远看到他后下意识地站起身来，随后又不自在地坐下来，"怪不得系统这么快就恢复了。"

望云亭回头示意沙澄找位置坐下，自己径直走过去和安远简要地说了整件事的来龙去脉。安远听罢难以置信地看了一眼沙澄，这个许久未见的老朋友因为常年的超负荷工作而憔悴地瘫坐在椅子上，目光一直盯着自己。

"难怪他当时愿意接管工程主管的位置。这样看来，协会内部早就有他们的人渗透进来了。月球上还有太多我们不知道的秘密，按照你所说的，我们现在连他们有多少人在月球上都不知道。"安远转过视线直视着望云亭，扶额整理好思绪，半晌才压低声音说，"酒海的工作也是，秘密通往月球空洞的通道除了他自己外还能有多少人知道。现在我再听到任何事都不会吃惊了。他一个人做不到这一切的，肯定有一个势力庞大的组织在他背后，对方对我们知根知底，而我们除了知道月球上有反物质外对他们一无所知。俗话说知己知彼方能百战百胜。他会这么容易被抓，肯定没有那么简单，我们还是保守一点为好。"

说完，安远浑身泛起一阵凉意，酒海空洞被发现的时候他就去过，高高的洞壁和无边的黑暗就像是噩梦里的场景，沙澄居然在那样的地方生活了这么多年。

"可是我们没有在酒海的月球空洞里找到任何反物质，也没有发现和别处相通的迹象。空荡荡的洞穴里一干二净，只有沙澄被发现时在用的一台中等大小的计算机和一些基本的起居设施，看起来他是真的住在那个地方。那台计算机也没有连接网络，只能在本地使用。"望云亭忽然抓住安远的肩直视他说道，"所以剩下的反物质肯定被分散到其他空洞当中了，基地的辅助计算机系统里有很多资料都恢复了真实状态，建设材料不正常的数字也可以佐证这一点，地下还有其他设施的存在……

"安远，这次的任务只能靠你了——上次事故我们也已经证实了，你是清白的。"望云亭补上一句。

"等等，靠谁……我？"安远愣了一下，"不行，我一个人怎么救你们……"

"你难道忘了吗？除了'枫叶'外，当年技术部还研发了'地鼠'矿车。虽然这类矿车在基地建设完成后就很少使用，但是执行前往地下空洞的任务实在是再合适不过了……"望云亭一字一句艰难地说，"你也看得出来，这家伙不会配合我们的，这么大规模的矿车行动，只有你亲自使用开矿仪才能做到。"

"你们在说什么，不如让我也听听。"正在安远陷入沉思时，忽然冒出沙澄二号的声音。

"这声音，怎么这么耳熟？"坐在角落的沙澄抬起头来警觉地循声看去，"哦……我想起来了，没想到这东西居然还留在世界上，当初就应该找机会把你删除了。"

"你要真那么做了也好，因为那样我就看不到混得这么可悲的自己了。你说你没想到，我也没想到，没想到十一年后的自己为了一个亡人死撑着面子，年轻时的你不是这样的，你真的觉得舒昕会喜欢现在的世界和现在的你吗？看着这样的自己太心酸了。"沙澄二号反唇相讥道。

"给我安静！"沙澄遥远的回忆像是扇窗户一样打开，他不自觉提高了声音。

"不可以，看着自己窝囊废的样子我就来气！"沙澄二号咬牙切齿地说，"虽然我的记忆中还没有想到如此遥远的计划，但以我对他的了解，这种情况下他肯定是完成了什么计划才会自投罗网。安远，快启动开矿仪让他的努力泡汤。"

安远立在原地一言不发。望云亭见状只好放开抓着安远的手，数节拍似的退后两步。

"你究竟在犹豫什么？" 这位平日里彬彬有礼的会长愈发焦躁了。

"我……我也有自己的家庭。除了妻子外，我还想亲口和儿子再说几句话。"

"安远！你还不明白吗？只要你不连接开矿仪操纵那些停在仓库里笨拙的'地鼠'，我们就没有回家的希望。我也想再看一眼我的宝贝女儿，她常常提起你儿子。我说，我们的心情都是一样的。"望云亭说完不忘上前拍拍安远的肩，像是一对患难与共的结拜兄弟。

"风险太……"

"做什么事都是有风险的。成功之后，你会成为拯救世界的英雄，也可以回家陪你的老婆孩子，说不定到时候我们还能成为亲家。你不是一直都想用开矿仪造福人类吗？"望云亭的语气听起来就像是劝说不良少年改邪归正的教导主任，声音因为激动有些颤抖，"我知道十年前你就有这个梦想，当时我就看出来了，如今究竟是什么……"

"我不想当什么大英雄，我只是……"安远想说他只想要安静地陪着家人，可是"我对拯救人类没有兴趣"这样的话他根本无法说出口。房间巨大屏幕上弹出一条又一条的消息，无一不是询问他任务何时开始。

安远还在徘徊，余光无意间扫了一眼沙澄，自从和沙澄二号对完话后，他就像是断线木偶一样低着头一言不发。安远忽然有些明白他的感觉了。

望云亭说他一个人独处太久了，和人正常沟通的能力下降了。先前安远以为他这是完成计划后如愿以偿的释然，可是他忘记了这个男人有多执着。沙澄所表现出的麻木甚至比他向自己毫无保留地宣泄愤恨更让安远感到不安。

安远陷入一种遗憾之中难以自拔，这个当年知心的朋友变成这样，多少也和自己有关系，如今他像是完成了长久以来的心愿，只想把这出戏看到最后。

"沙澄！"安远生怕他听不见一样大声地说，"你计划的内容，到底是什么？"

"反正计划已经完成了，知道与否也没有意义了。"安远没想到沙澄竟然回答了他，只不过语气异常冰冷，"你听着，不管结果怎么样，我至少完成了应该完成的事——反物质的能源转化实验。不过最后出现了一点小意外，你也亲身感受到了——爆炸的震动还让你吃了不少苦头，不过我为了掩盖数据也花了很长时间。你真该看看粒子湮灭时的画面，就像流动的星芒一样美。"

"……别犹豫了，像往常那样连接完成任务就好了。系统已经恢复控制，计算机不会有任何危险的。"望云亭没等他说完就接上去。他有些不耐烦了，脑中不断冒出红着眼的员工冲进来的画面。

"看来这不是能不能接受的问题，这是没办法的事。我只能这么做，别无选择。"安远终于意识到了，这个世界给他摆明了一条路，而现在他已经没有时间寻找其他的捷径了。没测试过的代理系统肯定是不能用的，开矿仪无论如何都要他亲自连接才行。他不清楚那么多年来的研究心血还有没有下次使用的机会。

"我要写点东西给我儿子，麻烦通信恢复后帮我发送出去。以防万一。"安远平静地说。

望云亭点了点头，沉默地看着安远在屏幕上不断滑写，心里高悬的石头终于放下来。待安远一停笔，他就把连接用的头盔递过去。

"各单位请注意，我是安远。现在开始执行任务，代号'地鼠'。"

那种仿佛沉向深海的感觉再次向安远袭来，再回过神来时自己已经站在黑色天幕之下了。标有各种数据月球模式图相继出现在视野里，一切又变成熟悉的样子。"安远博士，您的同步率已经达到百分之七十了。这是一个新纪录。"一个调试员兴奋的声音从远方飘来，安远听出来这个人既不是自己的助手高航也不是沙澄二号，不禁有点失落。不知为何望云亭不允许那个人工智能进入系统。

与此同时，整个月球上的"地鼠"矿车从各个车库启动，随后全速移动起来。这些巨大的梭形怪物不知疲惫地向下转动着硕大的转头，目标直指一个个被标记的月球空洞。一时间就连望云亭都感觉到了脚下的震动。

"新纪录又怎样？将同步率调高至百分之八十。它还没有展示出它的全部。"不知是不是心理作用，安远感觉自己的连接状态很好，达到了前所未有的巅峰，"你们见到老高了吗？"

"没有，一直没人见到他，可能是前两天地震时被压在亚平宁赌场里了吧。"还是那个调试员回答了他，"博士你放心，没有他，我们加上辅助计算机也能帮你修正参数的。"

"嗯。"

或许真的是被激发出了隐藏在生命深处的潜能，开矿仪的同步率被提到如此之高的情况下，自己竟然还感觉尚有余力。矿车前置摄像头传来的画面中，一层层墨黑色的岩层被粉碎，似乎没有什么东西可以阻挡这股钢铁洪流的前进。"将同步率上调至百分之九十，这个系统就是为了这样的时刻而生的。"这话说出来连他都有点紧张，因为当时设计的极限就是百分之九十，此前自己从未尝试过，但他觉得他能够做到。

"可是……"

"想回家就服从命令，我有这个信心。"

"是。"那人听罢愣了半秒，扭头和身边的同事做好稳定满负荷情况下的数据准备。同步率越高开矿仪对于系统的数据要求越高，稍有出入，上次的满月事故就会重演，而且将无法挽回。

同步率平稳地上升着，等到绿色的"百分之九十"字样显示在基地的各种屏幕上时，任务完成的倒计时也随之出现，倒计时开始一分一秒地向零靠近。按照计划来说，"地鼠"一到达目的地协会的工程机器人就会蜂拥而出，下一步就是完成对所有可识别的电子设备的接管。空洞里无论是谁都无法逃避被接管的命运，那些人没有能力对付"地鼠"的奇袭。反物质被回收只是时间问题，只要先控制住储藏装置，再移交控制权给地球，月球威胁就解除了，大家自然就能回家了。

望云亭看到满脸汗珠的安远露出了艰难的笑容，屏幕上的信息显示一个又一个矿车小分队相继到达到了较近的月球空洞。虽然只发现了小部分反物质储存装置，但好消息是剩下的目标数量在减少，那些被接管的装置已经安全地处在协会的控制下了。空洞中惊慌失措的工作人员也放弃了抵抗被机器人押回基地。

一旁的沙澄忽然晃悠悠地站起身来，像是自言自语一样漫不经心地说："其实关于能源计划，我一直有一个缺憾……那就是反物质的储存问题一直得不到解决……至今我还是在用磁约束的方法将反物质陨石控制在磁场中央，使其不触碰到边缘，这样才会安全，可是维持这样的磁场是一项很耗电的工程。我又没办法在地下大动干戈地修建发电站，所以长久以来，我一直都是从基地中偷走一部分电。如果再给我一些时间……"

"难道还是只有七天？"沙澄二号惊恐的声音从房间的扩音器传出来。望云亭惊讶地四处张望了一下，他没想到这个房间里也连接着沙澄二号。

"比那长得多，现在最长可以到达二十天了。"沙澄意味深长地停顿了一下，"不过因为偷取的电力有限，整个机组都是轮流充电，大约时间还剩……"

"还剩多久？"

"还剩五天的时候才给这个机组充电，你也应该体会一下那种感觉，每次给机组充电紧张得像是在刀尖上跳舞。"沙澄脸上出现了一丝不易察觉的诡异笑容，"不过你们放心，上次控制基地的系统后我已经给大部分机组充满电了。"

"你是说，大部分？"望云亭终于明白他话里的意思，发了疯似的冲过去死死抓住沙澄的衣领，"还有哪儿！剩下的在哪儿！"

"你自己……看看屏幕上……哪一个空洞还没有被搜查……"沙澄嘴角戏谑地上扬着，从喉间艰难地吐出字来，"留给安远的时间……不多了……"

"是宁静海！快点让安远脱离系统！"沙澄二号的声音慌乱，可是望云亭哆嗦着迟迟不肯下发指令，"如果反物质爆炸的话，整个开矿仪系统连带着连接中的安远都会灰飞烟灭的！"

"只剩五分钟了，对，只要再坚持五分钟就能到了！"望云亭死攥着手中的控制板，面部抽动着紧盯着屏幕上显示的倒计时，发颤的手指始终无法落在紧急弹出的按键上，方向一转落在了封锁房间的按键上，"这下谁也不能阻止行动了！只要再过一会儿就到了，那里被接管后就万事大吉了……"

"望云亭！你就算接管了他的系统也不能立刻给储藏装置充电啊！他没有给那里充电肯定是有原因的，你听得到吗？"沙澄二号咆哮着说出这些话，房间的扩音器发出一阵沙沙声，"说不定供电的线路已经断了，否则……"

"哈哈……果然了解我！我现在就告诉你们，喇叭里那家伙说的都是对的，但是你们又能怎样？"沙澄一发狠劲，竟然挣脱了望云亭有力的双臂，就拿着椅子转身退到墙角，"你们还不明白吗？正确就像武器，你只能用它去伤害别人，却不能靠这些去保护和救赎人。

"我的计划已经实现了，只要这个心愿能够完成，其他的一切都不重要了。我已经什么也不剩了，这份星球级的礼花就算我对安远和全世界的复仇吧。"沙澄近乎疯狂地乱叫道，空气中满是刺鼻的硝烟味。

这个男人无力地倒在地上大笑，眼角的眼泪止不住地流淌起来。空白的脑海中，沙华的模样渐渐清晰起来。

一旁的望云亭双手紧捂着耳朵跪倒在地上，活像一个不愿意接受事实的小孩。他想向世界求情，可是在这个房间里没有人可以实现他的祈祷。控制板从手中摔出去，碎裂的屏幕上显示着七点五十九分二十九秒。

......

安远不知道发生的一切。为了隔绝外界的干扰，自连接开始，他的五感就都被关闭了，只剩下意识停留在系统中。

大概是哪位喜欢音乐的调试员想缓和一下紧张的气氛，静谧的空间里不知不觉渐渐响起了交响乐的奏鸣声。正巧从初中开始，安远就喜欢这种穿越好几个世纪的古典音乐，舒缓的乐声让他紧绷的神经慢慢放松下来。

行动结束进入五分钟倒计时。

音乐丝流过耳畔，一个刺耳的声音陡然间打破了美妙的气氛，随着声音渐渐清晰，他认出来了，是沙澄二号在嘶吼。

"任务要结束了，相声下次再讲。"安远无奈地说道。他不知道沙澄二号是怎么入侵到系统里的。

"快脱出！"那个声音声嘶力竭地喊道。

"什么？"

"快脱……"沙澄二号的声音戛然而止。

安远终于听清了。他连忙启动紧急弹出的程序，可是指令没有反应，屏幕一瞬间黑了。与此同时检测的数值全部坐电梯一样直达顶峰。

不知道是谁在慌乱中打开了系统调控室的麦克风，男人、女人惊恐的叫声和桌椅翻倒的碰撞声一瞬间就灌入耳中，随后痛苦不堪的哀鸣袭来，压过了所有的一切，而这一切不过在短短数秒内就结束了。最后听到的来自外界的声音是空气被吸出时的急促呼啸，安远知道现在话筒的另一侧已经是真空的世界了，月表的超低温正冻结着一切。

黑暗中，安远感觉自己处于一种漂浮的状态，就像是太空中隔断了安全绳的宇航员，迷失在深空之中。

"我什么都感受不到，没有人的声音，就连沙澄二号也不说话了。也不知道外面是什么样子，看来这次行动失败了。"

"是我的错觉吗？远处好像有一座山在涌动过来……噢，是那些数据，就像是海啸一样，我还没见过海啸……"

"看来这次又不能回家吃晚饭了，要好好道个歉才行。"

安远这么想着，闭上了眼。

老张从地下溜了出来，留在巨城里的他太想看看太阳了。

事故发生后，随着日出联合的解体，023 号的城市广播里就不断播放着新任领导人慷慨激昂的发言。说什么恐怖分子在月球上布置了反物质炸弹，要隔离地月以确保安全，具体原因仍在调查。随后巨城开启防御模式，整个城市人们几乎都移动到地底进行避难。不知道从世界的哪个角落开始，人们把责任全部推给了主张开发的月球矿物协会。一传十，十传百，月球矿物协会成了连身份都尚不明确的恐怖分子的"帮凶"。从某一天开始，老张和他的同事们就沦为了社会的大罪人。老张作为在事故发生之前最后一批离开月球的人，竟然能安然无恙地走出这个城市，连他自己都感到不可思议。

不巧的是今天云层很厚，除了深灰色云墙什么也看不到，太阳所在的位置只是比周遭亮一些。直觉告诉老张这场暴雨会下得很大。

自己距离 023 号巨城已经有上百公里远了，管理局绝不会在这种时候派人出来找他这种无足轻重的小人物。平原上的风很大，阴沉的视野里只有连片的枯黄摆动。

人们将五天前月表发生的爆炸称为全面崩坏，因为地球也受到爆炸的影响了。专家预测今天下午北半球将会迎来人类历史上最大的陨石撞击。可是老张对此并不在乎，手上还提着两瓶浓到可以点着的酒。

他在人民广场的大屏幕上看过月球卫星拍摄的画面。爆炸的宁静海正中心像是被巨人踩了一脚凹陷下去，紧接着黑蛇一般的巨大的裂缝沿着宁静海快速扩散，随后月表爆发的震动惊涛骇浪般席卷一切。强烈的冲击波像涟漪一样在海面辐射开，激起一块又一块的巨大石块。

这时宁静海正中心放射出极其刺眼的白光，视野恢复后只见清晰到肉眼可见的巨大月壳像浮冰一样被掀飞后抛到上空。

月表蜘蛛网一样的月球基地像蛛丝一样被轻易折断，看到这时广场上某个协会成员的家属忍不住失声痛哭起来。一堆年轻人找到猎物似的闻声将那人围住，老张从很远就能听到他们那些不留情面的唾骂声。那天老张很识相地保持安静，全程没有发出任何声音，泪水都落在心里。

这一周以来月球上的一切音信全无。说是为了防御撞击才紧急采用防御模式，可是这几天人们连一块陨石的影子都没看到。话虽如此，人们还是疯狂涌入距地面最远的底层区，与此同时，还有不少往北极和南极逃难的，似乎这样做自己就能逃过一劫。老张知道，人就算跑得再远，躲得再深也是没有用的，因为他们逃不出地球。

超百万吨的月壳被爆炸掀起。相对于地球来说，月球像是被从后面推了一下，不过那些碎片的线速度则大大降低。观测结果显示那些脱离物除少部分受重力落回月表外，绝大部分最终都因线速度大大低于轨道运行速度而落入地球的怀抱。

计算机的模拟画面中地球的重力场像漩涡一样吸引着从月球上脱落的"碎屑"，这意味着一场毁天灭地的陨石雨即将到来。

老张坐在开来的小型飞机上，随手敲开一瓶酒咕噜咕噜喝起来。自己在月球上的一切，自己的事业和妻子，都已成为过去时了。当时如果留在那里，就在全面崩坏时和大家一起死了其实也不赖。他随后清醒着摇了摇头，又闷了一口酒。

头顶的隆隆声越来越响了，厚厚的云层随之躁动起来。浓稠的空气在平原不断堆积，从头顶吹来的狂风将野麦死死压在大地上。老张喝完了最后一口酒，一阵刺耳的声音震得他耳膜发痛。

第一块陨石很快就出现了。云层像是向下凹陷的鼓面，轰响声中庞大的陨石露出其因大气摩擦而变得赤红的前端，表面融化后的炽热熔岩中一块又一块火星飞溅而出。那些分离开来的灼热石块肆无忌惮地在空中呼啸着，化作一个伞形的红幕急速冲击下来。

紧接着是一个比前者还要巨大的陨石夹杂着流星突破云层，灰色的天空刹那间像是注满了血一样殷红。不少先坠落的小陨石已经着陆，老张脚下传来一阵又一阵的震动，远处的地平线的方向燃起了熊熊大火。

没有任何征兆，一块陨石忽然尖啸着出现在视野里，眨眼间砸在老张数十米远的地方。冲击波混着泥土把他从飞机顶上弹飞了出去。

他挣扎地坐起来，浑身上下都传来骨折一般的剧痛。与此同时他感觉鼻子上轻松了不少，眼镜不知道飞到哪去了。飞来的沙土把老张的脸划得血肉模糊，左眼已经完全睁不开了，眼前血红色的模糊世界如同天劫一般狰狞，却又出奇的寂静无声。他觉得这就是古代神话中上天发怒时的场景。

双耳传来剧痛，老张的耳膜应该在刚才被击飞时就震破了。眼前数不尽的红色石块与大地融为一体，化作冲天的热浪和几十米高的土墙。老张知道，地球，已经沦为地狱。

他向后倒去，满是伤痕的背紧贴着不知何时会崩塌的炽热土地，闭上眼，世界变得一片黑暗。刚刚才喝下的烈酒在胃里翻腾，身体已经慢慢失去知觉，意识也慢慢模糊起来，老张的一生还没回忆完，漫天的大火就烧到面前来了。

自己喝了那么多酒不知道会不会更快烧起来，老张忽然冒出这个想法。可是再也没有人能够回答他了。

023号巨城，全面崩坏九天后。

一阵急促的脚步声回荡在月球大学的实验区，一个苗条的身影闪过空无一人的走廊。

原本从这里可以就看到的灯火通明的第一象限上层区，现如今只剩下一望无际的黑暗。整个023号巨城最高档最繁华的区域被掩埋在黄土之下。

走廊里的身影在一扇大门前停下了，门牌上写着发射试验室。这是整个学院最核心的区域，学校里有一半的学生最终都要为这其中摆放的装置服务。

那人在门口验证了身份，几十米高的大门缓缓打开。空旷的空间里存放着各式各样的飞船，可以容纳数千人的空间里只有一个人站在中间高高隆起的发射台上。一阵金属碰撞的声音几经反射，穿过机油味的干燥空气进入耳中。

"这不是你该来的地方……"发射台上的人一抹额上的汗，放下手中的扳手后回头看向来者，"望舒，这里空气不好，你先回教室等我，不然……"

"不然？"望舒快步向中心走去，长筒靴踩在地板上发出清脆的声音，"安生！你根本就没有休息过，对不对？跟我回去吧……我能理解你的心情，但是不休息是不行的。"

"不行，我还不能休息。"安生又转过身去，疲惫的声音带着一种强硬，"陨石雨撞击扬起的尘埃随着大气环流不断扩散，人类在这样的世界里想要保持清醒就已经很困难了。如果再不找到解决方法，大家都挺不过去的。因为还会有第二次冲击，一定要在那之前想到办法。这关乎到全人类的命运，我不能只是呆坐在家里……"

"那你的意思是说我们都在呆坐着？"

"不是……我不是这个意思……"

"你真的很累了，快休息一会儿吧。"

"望舒……"

"阿姨的事我听说了……"

话刚说出口，望舒就后悔了。安生家的别墅所处的小山坡在灾后已经被夷为平地了，而他的母亲之前一直留在那里不愿意进入巨城底层避难，电话也不接，周边地区又被封锁了，躲在底下设施中的安生也束手无策，他当时根本就联系不到自己的母亲……

安生再次听到吴妍的消息是在灾后。有关部门的工作人员联系到安生，告诉他母亲遇难了，没有找到遗体。居民记录显示吴妍在崩坏前的几天一直留在家中并切断了通讯。

安生来回翻看了几次有关的记录，又扫了一眼身边的人，随后一言不发地离开了正在召开灾害应对会议的大厅。他的社交圈本来就小，没过几天就消失在人们的视线中，结果望舒问了四五个人才问出安生的去向。

"嗯？"安生似乎没有听到望舒的话。

"没事没事……"

"你父亲……"安生想起望舒的父亲作为协会的会长还留

在月球上，自己的父亲也在月球上。

"还没有消息。不过我相信他不会有事的，叔叔也是一样啊，肯定会平安的。"望舒说，"大家都要好好的啊。"

"我在这儿也好好的啊，你不用特地过来找我。我还在找处理二次崩坏的方法……"

"什么二次崩坏？不管怎么样，拯救人类不是你一个人的事，没有必要自己这么拼命。"望舒离发射台更近了，她看清了安生身上满是油污的衬衫，"还有我和沙华啊，我们也在你身边，大家其实都在努力寻找解决方案。"

"正因为这样，我才不能停下来，因为还没有找到方案啊。"安生左手一颤，扳手滑落到地上，发出一声闷响。他从扶梯上下来，一只雪白的手已经将扳手捡起来递到面前了。

"噢……"安生最近总感觉头疼得厉害，他找了一个椅子无力地坐下来，"那我休息一会儿好了，外面的情况还好吗？""你没看新闻吗？"

"只在全面崩坏的陨石雨袭击后那两天看过。"

"明白了。"望舒不由得感觉他自己一个人待在这里，与其说是在找解决方案，不如说是在逃避。

"除了初次撞击直接造成的伤亡之外，后续的失踪人数一直在不断上升。全球各地的巨城超半数失联，剩下的巨城也在陨石雨带来的各类二次灾害中遭受重创。多处巨城的聚变堆发生爆炸，随后就失去了联系。除此之外，那些还未发展起巨城的国家中几乎无人生还……

"沿海地区受到不同程度的海啸攻击，地壳薄弱处被撞击后导致了板块运动变得更加活跃。除频发地震外还包括沉睡千年的火山再次爆发，直接受灾的北半球面目全非，因为地表缺少植被而卷起的飓风肆虐在行星表面……"

"等一等，超半数的巨城失联，意味着超半数的人类都已经……"安生倒吸了一口凉气。

"嗯，这个还是前天的数据……巨城内现在限制类似的负面消息传播，城际管道的运输瘫痪后，全城上下已经乱成一团了。"

望舒接着说道："不过罗巴联合最后还是解体了，他们的巨城相比其他地区更加密集，在陨石的初次袭击之后就损失过半。邦联各国之间矛盾加剧，终于也解体了。最令人震惊的是有一个声称来自欧洲天文学院的教授匿名在网上发表了有关月球反物质来龙去脉，从七年前罗巴联合……"

安生默默听她说完，缓缓起身去收拾脏乱的桌面。

"看来之前在那台电脑上看到的都是真的……"安生嘀咕道。

"你打算休息了吗？我听沙华说这几天你一直把自己关在这里，你都不知道我有多担心你……"

"托卡马克装置的改良已经完成，可是增加了速度的飞船根本改变不了什么……"安生说，"那个教授说罗巴联合的目的是为了获取新型能源，而如今全面崩坏是因为约束反物质的磁场失效了。这句话只有后一半是真的，留给人类的时间不多了，我待在这里继续研究托卡马克也无济于事。"

"这……你的证据是什么？"望舒不解地问。

"我在沙华家里看到过他父亲沙澄的电脑，当时有很多地方我没有看懂，不过现在我明白了。"安生分析道，"其中提到罗巴联合协助他是为了恢复原本的世界秩序，还提到什么帮助他转入罗巴联合籍的条例。"

"可，可这又怎样？"安生的话让望舒一时间难以消化，惊愕的她从来没有听安生提过这些事。

"现在我觉得我大概能猜到一些端倪了。你想，罗巴联合口中恢复原本的世界秩序，到底是什么意思？"

"原本的秩序？"望舒有些不解。

"古代在自然界蛇虫猛兽的威胁下，人类如果不结成部落或者国家就无法生存。然而人类都习惯趋于独居和独享，而非与他人分享，"安生一口气说完，又深吸了一口气，"现在这个时代人类不需要惧怕大自然的威胁，说是人类自以为超越了自然界的束缚也好，科技进步了也罢，因为没有一致的威胁需要世界联合起来，人类就没有理由自己紧密结合在一起。"

"怎么这样……"望舒听他说完这些话，不免感到一阵失望。

"要想在物竞天择的世界舞台上保持一定地位，零散的个体就必须以统一的声音说话。那么试想一下如果世界上其他地区都解体了，那么仍然是联合体的罗巴联合将会理所应当地成为世界中心。"安生思考了一下，继续说下去，"既然月球上反物质的控制权在他们手上，大胆一点想，他们只要控制好反物质的用量，再计算好爆炸的时间并做好防御准备，就可以利用月球人为制造一次像全面崩坏一样的天灾打击全球，同时将自己损失降至最小……"

"可是就算这样，他们自己也会受到影响啊，比如扬起的地表尘埃会随大气循环到城市上空,还会引发海啸和地震……"

　　望舒越说越感到后背发冷,这些年来罗巴联合在国际上确实越来越飞扬跋扈,毕竟之前阻碍月矿协各方面行动的势力也是他们。即便如此,安生所说的一切都太难以接受了,更何况那还只是推测。

　　"如果真如你说的那样,那也会有上亿条无辜的生命因为政治家的贪欲而消失啊……这太可怕了……"

　　"这也只是我的推测,其实我也没有什么太大的把握。我也不知道自己在说什么,你别放在心上。"安生意识到自己刚刚说的话对于前来安慰自己的望舒来说过于沉重了。"不管怎么说,我们现在还能站在这里说话,说明我们还是很幸运的。"

　　"是啊……不管怎么说,至少我们活下来了。"望舒嘴上这么说,眼里却透出不安。"我们是不是好久没有聊这么多了……"安生忽然转移话题。

　　"是啊,明明小时候无话不说的。进入高中的某一天开始你就和变了一个人一样,冷漠了好多。"望舒似乎有点惊讶安生会主动说出这句她一直想说的话,便借机把憋在心里很久的话说了出来。

　　"我……我也不知道。"头又开始痛了,安生肯定自己的记忆里缺了什么东西,"对不起,我好像忘记了很多往事,还有好多记不起来的东西……"

　　"没事啊,这又不是你的错。"望舒又拉住他的手,认真说道,"这样的你想要和朋友保持以前的关系,一定很难受吧?我一直都不知道你在承受着这些不为人知的痛苦,一直以来真是辛苦你了……"

安生忽然感觉心里有什么东西动了一下，别过身去不去看她。"我们快没有时间了，不论是谁都无力回天了。"

"二次崩坏是指……"

"那个教授说过他们储存反物质的质量吗？"

"你这么一说……确实没有，他只是说反物质源自一块从太阳系外飞来的陨石。"

"可是我看到的数据是两千多吨的一块巨石，这意味着导致这次冲击的反物质质量还不到其零头。"安生平静地说出他一直在思考的问题，"如果爆炸的原因是约束装置失效，这意味着剩下的装置亦是如此。要是所有的磁约束装置都像这次一样耗尽电量，连太阳系都将不复存在……七年前约束装置自主运行时间最长是五天。现在还没有发生二次崩坏，说明他们肯定进行了技术升级。"安生来回踱步自语，忽然趴在附近的工作台上书写起来，"可是就算这样也不能增加很久的续航时间，大概就只有半个月上下吧……嗯，半个月上下……"

望舒悄悄走过去，从背后看着他站着写字的样子，心里涌起一种熟悉的感觉，一切似乎又变成了过去的样子。他每次都是这样，想到了题的解法就迫不及待地找地方打草稿计算，自己就在身后偷偷踮脚看着他认真的样子。

望舒不禁对安生有一种毫无由来的信任，即使遭遇了亲人离散之痛，即使这个世界看不到月光，现在的安生也能为未来找到一条崭新的出路。

第九章

恐慌

想要恢复原来的那个世界真的有可能吗？

沙华这么问自己，因为长时间工作而酸痛的手指仍在飞速敲击触摸屏。

手表的指针指向凌晨三点，现在已经是全面崩坏后第十三天了。窗外是一如既往的黑夜，受火山灰和撞击产生的尘埃影响，天空似乎是永远看不到太阳的样子。沙澄抬头，室内的白光有些晃眼。

全面崩坏后的陨石雨袭击导致全球气候剧变，全球巨城损坏程度不一，即使是设施健全的巨城也逃不过变为断壁残垣的命运。但就现在地狱一般的地球环境来看，人类若是不进入巨城避难，生还的希望渺茫。为此，各个巨城无一不火急火燎地进行修复工作。沙华明白这个房间里的其他人和自己一样，都是临时从巨城里招募的程序员。

说是招募，其实也就是临时才发动的"强征"。原因很简单——虽然作为巨城能源核心的核聚变反应堆还完好无损，但控制城市运作的主控计算机有几乎一半的部分随着半边城市的覆灭消失在海啸的冲击之中了。有其他巨城爆炸的前车之鉴，人们不得不小心对待核燃料安全问题。因而计算机的大部分工作都是维持反应堆，原来属于主控计算机的一部分任务只能转由人工处理，例如操纵机器人修复巨城，或者管理控制城市里的各类设施正常运行。

巨城解除防御模式从地下升起是昨天的事。沙华望向窗外的废墟，一个个泛着青光的高大黑影移动在其中，这种机器人隶属于奇利亚斯系列，原本是军方设计出来的战争机器。机器人高达三米，浑身上下配满了各种大规模杀伤性武器，就像是一个小型的移动军火库。这类机器人曾经不但参与了巨城的建设，在运送军事物资的同时偶尔还会充当保镖的角色。甚至有艺术家斥巨资买来一台空载的机器人进行反战的艺术创作，一度引起全世界关注。或许是因为经常从事"体力劳动"，人们称这种机器人为"工蚁"。废墟中，有两台"工蚁"正在移开瓦砾堆搜寻生还者，同时统计遇难者。

沙华知道这已经是人类最大程度挽回的结果了。自月球崩坏以后，人类就想出各种方法应对来袭的陨石，眼花缭乱的方案中，最终起作用的是使用核弹轰炸还未进入大气层的陨石。当时被掀起的月壳直径大部分都达到了十公里及以上。众所周知，如果直径超过一公里的陨石落在地球上，人类可能就会遭到重创，更何况是那些直径十几公里的，最糟糕的情况是还不止一个这种数量级的大怪物。

那几天人们日日惶惶不安。惊喜的是足够能量的核弹能将直径五公里以上的陨石击碎，配合上洲际导弹攻击小型目标，最终使其进入大气层后的撞击无效。此消息一出，世界各地的核弹发射井立刻络绎不绝地向尚在太空的陨石群送去来自人类的宝贵礼物，每小时都有数百枚导弹从地面直指苍穹。然而即使大家不停地发射导弹截击来袭的陨石直至弹尽粮绝，人类最终也不过是活下来而已。看到的结果就是现在这个面目全非的世界，目光所及的一切几乎已是满目疮痍。

沙华重新打开电脑的操作界面，继续操纵着虚拟手柄清理第二象限的种植园区。建筑大面积的倒塌为他带来了不小的工作量，可与此同时重启种植园带来的意义也是非凡的。如果恢复了植物园的生产，或许人们的情绪能再稳定一段时间。毕竟陨石雨破坏了巨城之间的运输管道，交通运输变得极其困难，每一个巨城相当于一个被隔离的孤岛。虽然各地通讯还保持畅通，但是每个巨城的资源都是有限的。谁都清楚，特别是灾后短时间内难以恢复生产的食物。

一条消息忽然弹出来。

"近日来中层区动乱频繁，请各位市民留在家中，关紧门窗，不要外出……"

沙华撇了撇嘴，关掉了这条发向全体市民的消息。

由于种植设施毁坏的关系，仓库里积攒的食物吃光只是时间问题，近日抢夺食物的案件频发，这时候提醒市民很有必要。

"现在的我们太依赖之前的种植技术了，如果离开了这座城市，人类又还能做什么呢？"沙华想，"就现在这形势，单凭一人的力量能走出多远都是一个未知数。"

房间中忽然警报四起，耀眼的红光代替了节能灯的白光。落地窗处降下一道厚重的铁幕，唯一的出口指示灯由绿转为了红色。

　　沙华不慌不忙地从抽屉里拿出一顶安全帽戴上，把耳机的音量调高，继续工作。

　　房间里的其他人大都像他这样找了个什么东西堵住耳朵继续工作，好像这样的警报带来的只是噪声一样。靠近门口的一个人起身在门前的控制面板比画了两下，确认指令后悠闲地坐回位置，丝毫没有表现出恐慌的样子。

　　已经是第七次了。肯定是那些来抢夺电脑控制权的市民，那批人觉得只要得到了城市中枢的控制权，就可以顺藤摸瓜找到储备粮食的地方。而沙华知道，这个系统不是一般水平就可以操作的，他们就算进来也只能对着电脑束手无策。临时招募也不是乱招的，现在能坐在这个房间的人都不是等闲之辈。

　　重物撞击在钢化玻璃上的闷响穿过耳机，紧随其后的是一阵晃动的嗡嗡声。也不知道这些人是从哪里弄来的火箭弹。几轮进攻后警报就关闭了，这个房间的安全系数并不是普通的武装力量能打破的。

　　电脑屏幕自动跳转到了废墟中"工蚁"的画面。画面中有一群人围住了沙华操控的机器人，手里挥舞的各种利器猛击在金属上。这种程度的攻击对"工蚁"是没有什么威胁的，但是在这样的情况下沙华根本无法继续工作。沙华不免感到可悲，自诩为智慧生物的人类，也有变成如今疯狂模样的时候。袭击者看起来大都是男人，西装革履，手中却挥舞着泛着寒光的铁棒。

　　"请聚集的民众散开，不要妨碍公务。"沙华用机器人身上携带的扩音器向人群广播，"本广播播报三遍，播报结束后滞留者将接受……"

广播还没完，一个眼睛血红的中年男子爬上"工蚁"的肩膀，不知道用什么方法将"工蚁"外置的扬声器破坏了。那人完成任务后从机器人身上跳下来迅捷地融入队伍中。所有身穿黑衣的人慢慢聚拢在一起，在黑夜中像幽灵一样。

沙华心想终于可以看清人数了，他点了点，一共是三十二个人。二十二个男人，十个女人。他拿起笔记在右手边的一张纸上，那上面还写了一些相同格式的其他数字。只有几个栏里的数字超过了一百，其余的大都在五十以下。

他们中站在最前面的人向身后说了些什么，独自缓步走到"工蚁"前，抬头看向镜头所在的位置，光线的阴影挡住了来者的脸。那人摘下了头上的黑帽，沙华不由得吃了一惊，因为这个人这么年轻，茭白的脸庞看起来比自己大不了几岁。沙华总觉得在哪里见过这张脸。

她眼神中像是燃烧着炙热的红色，即使隔着屏幕沙华也无法冷静地直视她的目光。其他人也相继露出了脸，都有着悲伤与愤怒的眼神。沙华内心有一个地方开始隐隐作痛，他想他其实是知道这些人究竟为何而来的。

身份扫描的结果出来了，与此同时雨也渐渐沥沥地下起来。灰色污浊的雨滴混合着大气中被陨石扬起的无数尘埃，可能还溶解了一些其他有害的化学成分。但是这群人站在原地一动不动，全然没有离开的意思。沙华首先调出那个领头的少女的资料，果然，她是月球大学大三的学生。难怪沙华会感到眼熟，她和沙华一样是信息学院的，在学校里应该打过照面。

"我们不需要你们给什么答复，被你们杀害的人已经回不来了。"姑娘厉声说道，"如果有人在屏幕的那一端听着的话，如果你还剩下一些人性的理智，就请赶快停手吧！哪怕是以我们的鲜血作为代价……否则，迟早有一天你会遭到报应的，你要想清楚，今后的每一天，你都会想起那些因为你的决定而死……"

沙华伸手颤抖的手把"工蚁"的画面关掉，向后靠在椅子上闭上了眼睛，随后又睁开来盯着晃眼的天花板。他觉得她太卑鄙了，因为她说对了。自己一闭上眼废墟里的画面就会不自主地浮现出来。她竟然用人类的良心来攻击自己，这是一种道德绑架，沙华也不想做这些违心事。

"谢市长……"沙华按了一下耳机旁的一个按钮，咽了一下口水，顿了顿说道，"我想请示一些事。"

"什么事？"接通的是一个低沉的中年女声，通话界面中浮现出一个花栗鼠脸型的中年女士，"噢，是修复种植园的事吗？你做得很好，夜以继日地劳作。真是辛苦你们了。"

"不是，我是想问……一定要执行清扫程序吗？"沙华问出了这个他自己都感觉愚蠢的问题，可是他还补了一句，"杀戮只能带来更多的杀戮。"

"你……孩子，事到如今只有这样做最好，从各方面来看都是如此。你知道，我们也不想这样的。"话语中可以听出她压制住了本想爆发的情绪，转而换了一个柔和一点的语气，"你不用有什么负罪感的，全面崩坏让地球上死了这么多人，事到如今死亡人数只是一个数字罢了。那些'暴徒'出来游荡本就是错误，还妨碍执行公务，他们最后只是不幸在灾难中'遇难'

了而已……有时候为了多数人的利益，我们只能牺牲小部分人。你要知道这是为了更多的人能活下来。"

"可每一个人都有活下去的权利，没有谁可以因为这样的事就擅自决定别人的死活……"沙华想说这句话很久了，可是刚想继续说下去就被打断了。

"没必要纠结这些问题的，这样下去你只会活得更累。能够活下来就已经很不容易了，作为幸存者带领人类向前才是当下最主要的目标。况且，你也不是第一次这么做了……"谢市长的语气重新变得冰冷。

沙华不由得心虚地看了一眼电脑屏幕，就好像之前执行清扫的画面会重播一样。他知道谢市长不过是用堂而皇之的理由润色魔鬼之辞，他想反驳，"难道杀人就是带领人类前进吗？"可是市长最后一句话宛若纤细的竹箭正中他的心脏，在心脏悸跳的恍惚中，沙华怔怔地说不出话来，如鲠在喉。

"我……我明白了……"沙华转身对着电脑屏幕一言不发。

"我知道……很多人暗地里都对我有非议，说我自私，没有人性。可是在现在的这个世界上，如果我自己不采取措施保护自己，这个世界上就没有人会保护我。"市长的声音带着另外一种沉重，随后挂断了电话。

他不再听耳机里的歌，而是摘下耳机，让房间里的声音涌入耳中。空调的冷气开得很大，但他还是不停地冒汗。

被挑选进入修复小组后，沙华收到的第一个通知就是他会受到特殊部队的二十四小时保护，第二个通知则是有关清扫程序的详情。清扫程序和字面意思一样，只不过要扫除的对象是人类。从计算机分析的结果来看，目前幸存者相对于留存的食物来说还是太多了。就算短时间内可以满足所有人的需求，考虑到种植园的修复时间，人们出现恐慌只是时间问题。

其实"暴徒"第一次来袭的时候，沙华还是像学校安全教育教的那样抱头蹲在桌角战战兢兢。因为清扫程序需要在场的所有人确认才能执行，没过多久就来了一个满脸横肉的男人把他拖走进行确认。事后沙华想过，程序这么设计大概是为了减轻每个人心里的负罪感。

沙华从令人窒息的往事中回过神来，耳边房间里又开始躁动起来。他比任何人都要清楚，自己的双手已经沾染上了鲜血。不论动机是什么，他已经无法回头了。虽然他根本就没有听到过那些人死前的呼救或者看到执行程序时的画面，可是再次打开"工蚁"时，定格的镜头里地上满是触目惊心的殷红。那是事后怎么清洗都处理不干净的痕迹，他不自主地盯着自己的双手，总是感觉无比肮脏。

这几天他很想找安生说说话，发生的事情实在太多，也太猝不及防了。这个地方是无法和外界联系的，以防止这个房间里发生的事传到外界。纸是包不住火的，这些事或许迟早会公之于众，但不应该是现在。沙华只能把一切憋在心底。

"快点，要开始了。"一个高他一届的学长站在房间中央对着沙华喊道，巨大的全息投影屏下已经围上好几圈人了。

全息投影中只剩下他的名字没有出现了。所有人静静地看着他走过来，等到他站在视网膜扫描仪前的时候全都不约而同地低下了头。

现在决定权全在沙华手上了。窗外的撞击声仍然在不断地持续着，那些没有规律的闷响反而使他冷静下来。今天有三十二个人围在沙华的"工蚁"旁，可是将废墟广场上聚集在其他"工蚁"旁的人和攻击控制室的人加起来，本次清扫一共有三千五百多个目标。加上先前六次的数量，巨城里的人口终于降至余粮可以支撑的范围之内了。

沙华这次没有像往日一样在仪器前犹豫不决，而是直接把眼睛靠在了扫描仪上。验证通过后，第七次清扫程序开始了。

门廊外和窗外传来忽远忽近的枪击声，经过系统锁定的目标完全无处可逃。很快一切就安静下来，过程简单得仿佛外面只是下了一场急雨。这就是真实而又冰冷无情的世界。

沙华回到自己的位置上，揉了揉眼睛，又揉了揉太阳穴，自己确实需要好好睡一觉了。

为了不制造更大的恐慌，只能用这样的恐慌作为牺牲吗？

人类真的能重建文明吗？

屏幕反射下自己的眼神似乎越来越不像他自己了，沙华一时间对自己的脸感到陌生。他好像看到了人类慢慢长出棕红色的长毛，重新用四肢爬行。如果这样下去，那么最后幸存下来的那些缺失了人性的人类，或许都不能称之为人了。

这才是人类最需要恐慌的地方，沙华想，得想个方法和安生取得联系才行。

第十章

廃墟

一辆多功能运输车正向东行驶在无边的夜幕之中，天空中看不到月亮。车轮碾碎钢筋和玻璃发出的咔嚓声在断壁残垣中回荡，黑暗里这样的声音犹如一声声哀鸣。

023号巨城各象限在地震和海啸后受到了不同程度的影响。受损程度由东北向西南递减，其中以靠海的第一象限受到的毁坏最为严重。空旷的废墟如同钢铁丛林的荒野，了无生机，尽污浊的积水和各类碎屑，从中间拦腰截断的高楼横七竖八歪倒在其中。

"就快到了。"安生抹了一把额头的汗，尽管冷气被调到最大，可安生还是感觉车厢里的空气异常闷热，"地图上显示的水平距离还有20公里……"

"可以开窗吗？我觉得我快要忍不住了，队长。"坐在安生对面一个少年面色发绿，似乎是憋了好久才决定打破沉默。

"先憋着，你右手边有袋子。"安生冷漠地说道，"窗外可能还有危险，还不能开窗。"

窗外的空气中飘散着大量刺鼻的硫化物，安生觉得那可能会让他更晕。原本来说，吸入少量的未过滤的空气并不会影响人的健康，但巨城的环境防御工事在灾后几乎瘫痪。除了外围的沙丘正一点点向城内推进，更可怕的是无数病原体在空气和污水中肆意扩散。

还好没答应望舒带她过来，安生想，这样的环境对于女孩子来说还是太过恶劣了。

正这么想着，耳边终于传来一阵呕吐声，车厢里顿时充满了异味。安生皱了皱眉，拿起具有过滤空气功能的头盔戴上。车厢里的其他人也纷纷拿起头盔戴上。

安生闭上眼，各种想法不停涌入脑海中，胸口感觉如石压一样喘不过气来。距离全面崩坏已经过去十六天了，人类虽然开展了一系列抢救工作，但也只能算勉强稳定住了情况，按医生的话来说就是"抢回了一口气"。从修复前线归来的沙华昨天才和安生见了面，见面的第一眼，安生就注意到他浑身散发着不自然的阴沉气息。安生告诉沙华自己的计划也被纳入了此次行动中。安生只听说他是被招募去执行修复巨城的任务，可没想到回来时竟如此憔悴。考虑到可能是繁重的任务所致，安生也没多问什么。

全球各地都有巨城为了食物暴乱四起，领导者想出各种办法试图压制日益失控的市民，但收获甚微。不过好在这样的悲剧还未发生在 023 号巨城中，因为巨城的食物足够撑到种植园恢复生产的那一天。

"没想到居然在巨城下方藏有如此巨大的实验装置，不会有什么危险吧？我是说，泄漏的放射性物质什么的。"

坐在车厢角落的沙华又一次打破了车厢里的死寂，他伸手按下一个按钮。车厢里暗了下来，一个形状酷似半轮月亮的图案被投影在脚底升起的投影屏上。

那是人造卫星拍摄的 023 号巨城。画面不断放大后，半圆形的灰色显露出废墟的痕迹，一些在深色未受损的区域，可以看清楼与楼之间的轨道如蜘蛛网一样将每栋建筑连接起来。沙华把视线移向废墟边缘，视野里有一处地表塌陷了，底下模模糊糊地显出一个巨大的弧形结构。安生此行的目的就是为了这个神秘的弧形结构。这个突然出现的未知装置似乎连巨城官方也摸不着头脑，学校方面也是一头雾水。在月球大学和官方共同组织下，安生自发成立的探险小组应征进行调查。

这么重大的任务交给临时组建的"月球大学探险队"未免有些草率，不过现在也只有他们几个"傻瓜"愿意接下这项任务了。况且就能力而言，他们完全能胜任。

"放心，之前已经派机器人检测过了，地底没有什么放射性物质，就体型来看应该是一台耗能很大的装置。"安生答道，"我们月球大学探险队肯定不会做没有打算的事。"

"也是，学校给了我们那么多设备，没什么大问题的。"沙华看向那个晕车的少年，"你说是吧，罗修？"

那个名叫罗修的少年缓缓转向沙华，菜青色的脸竭力地惨笑一下，随后闭上眼睛不说话了。

"大家抓紧点，要准备向下了。"不知不觉间车身慢慢地停下来，或许是出于善意，角落里一言未发的墨丘利终于说了一句话。平常泡在实验室里的他这次是自己提出要作为随行老师前来的。

话音刚落，车身就开始剧烈地颤抖起来，与此同时车里人身体的重心也向脚尖滑去。这是要开始进入地下了。运输车粗大的越野轮被放了下来，即使如此运输车还是在瓦砾堆上向下滑去。

罗修意识到情况不对，赶忙抓紧扶手贴紧身后的靠椅。那靠椅很快就识别出了他的身体轮廓，原本硬质的靠背恍惚间如橡皮一样随之变形，将罗修嵌入其中。他确认了安全带系紧后，长舒了一口气。

随着深度的增加，四周的环境逐渐幽暗起来，很快视野中就只有两束车灯的白光和车轮前被照亮的瓦砾了。约莫过了五六分钟，车哐当一下驶上一个平面，停了下来。墨丘利用车厢内置的检测仪确认了外界的安全后示意大家下车。安生低头看了一眼自己的手持记录仪，数据显示这里在海平面下五百多米。

他跟在墨丘利后面跳下了车。脚下的积水已经没过脚踝，好在对身穿密封防护服的几个人没有什么影响。安生打开帽檐上的探照灯，映入眼帘的是一个进水的实验室，塑料和泡得发烂的文件漂在水面上，被行走激起的涟漪冲得上下沉浮。

安生望着这些垃圾发起呆来，心里的问题拧成乱麻一样。那种模糊的感觉又来了，是什么东西被遗忘了呢？自己居然连问题本身都没有理清楚就想要知道答案。安生狠狠地踢飞眼前一个挡住自己的破盒子，一大片垃圾都因此摆动起来。

"安生……你还好吗？"墨丘利已经带着两个学生走到几十米开外了，似乎是才发现安生没有跟上来，沙华打开了无线电，"我开了私人频道。关于我前几天消失时的事，你是不是有什么想问的……"

"啊？没有啊，我就是自己想点事情，你别想太多。"安生被耳麦中忽然传出的声音吓了一跳，快步向队伍走去，照他们之间的距离来看，他已经走神好一会儿了。

"真的吗？"沙华的语气似乎有些欲言又止，"我是说，其实这两天我一直很想和你聊两句的……我听望舒说了你家里的事，关于阿姨我很抱歉……"

"嗯……"安生感觉远处手电筒的亮光逐渐明亮起来，就像是在靠近星星一样。

身后洞口的微光已经看不到了，黑暗中不明装置上密密麻麻的红点闪烁着，就像是一群潜藏在黑幕中的饿狼。安生不由得起了一身鸡皮疙瘩。

"大家其实都很关心你啊。我和望舒联系过了，等一切稳定下来，我就带你们两个去上次去过的那家酒吧，就是第四象限底层区的那家。"

"可是第四象限不是已经被毁了吗？"安生跨过一个倒下的铁柜。

"这……好像是这么回事。但是别担心，总会有新地方可以去的。生活还是要继续的嘛。"

"嗯。"

"唉……安生，你知道吗？"沙华顿了一下，"其实这几天发生了很多事，巨城里有很多人死了。"

"听说了，貌似又找到了一批遇难者的遗体……"

"不是这样的！"沙华不自主抬高了声调，"其实真正的原因是……一些我没有和你说的事。但是我真的无法想象如果你知道了那些事以后，你会用什么眼光看我……"

"可是我除了知道是巨城官方突然招募了你外，也不知道你这几天到底做了什么啊……"

"是啊，我知道，我是说，我只是……"沙华叹了口气，"我……我不知道该怎么说，你知道的，有时候我就是这样，我还是不说了吧，对不起……"

"这……没必要说对不起的。我其实也有很多事没法和你说，没事的，真的。"安生看到沙华正站在离自己三米远的地方，可是他只看得见沙华黑色的背影。

其实他和自己一样，都有一些说不出口的苦衷吧。"怎么又愣着了？好了，等这次任务结束了，我一定和你说。"沙华郑重地向他保证，忽然间大声高喊道，"安生快过来，你快看看这个！"

安生看到前面的三人将手电筒齐刷刷地照在了那个卫星图上看到的巨大装置上，亮银色的外壳犹如一面带有弧度的巨墙，却有着崭新材料的明亮。

"我觉得这东西貌似比卫星图上要更大一些。"罗修已经从晕车中缓过神来了，对着装置发表评论，"按理说这么巨大的工程应该要被记录下来才对。等等，这上面有个图案……好像是一只鹰在与虎打架……"

"什么？让我看看。"安生听罢一把推开罗修，眼前的画面让他不禁倒吸了一口凉气，他犹豫了一下，"我曾经在其他的地方也见到过相同的图案。"

他很清楚，月球大学的天台也有这个图案，那个地方他再熟悉不过了。之前在上面看书的时候，他就注意到了墙上的浮雕，鹰和虎凶猛的样子似乎和月球扯不上关系，现在看来或许那还有别的含义，一切都没有那么简单。

"你终于记起来了。"墨丘利发现他凑过来，头也不回地对他说，低沉的声音里听不出任何感情，"其实这个装置，安生你应该见过才对。"

"什么叫我应该见过这个装置？"安生有些莫名其妙，但是这个庞然大物确实有一种朦胧的熟悉感。

墨丘利曾经带自己去参观过一台小型环形加速器，虽然也是在地下，但是规格明显对不上号啊。

"你……连这个装置都不记得了？"墨丘利语气里充满了惊讶，随后又严肃地说，"这是一台环形加速器啊，难道我的课你都是白上了吗？"

"安生，你还真别说，好像真的是一台环形加速器。"一旁的罗修接着墨丘利的话讲道，顺手敲了敲金属外壳，"你看，这里有一些基本的参数。建造时间是十年前，虽然已经看不清最高能量级是多少电子伏特了，但是半径还是……我没看错吧，一二三四五六七……"

"怎么突然开始数数了，怕不是刚刚坐车坐傻了。"沙华不屑地调侃他一句，沿着这根巨大管子边缘行走。

"这是，一百公里！"沙华忽然停在一个位置，失声喊道。

"我就知道我没有数错，果然是一百公里，亏我还多数了一遍。"罗修得意地说完发出爽朗的笑声，看来他已经彻底从晕车中缓过神来了。

安生看了一眼那个信息牌，半径的确是一百公里。如果这个数据没有问题的话，整个环形加速器的周长大概是六百二十八公里那么长，是二十一世纪世界上最大加速器的二十四倍左右。

想到这儿，安生感到一种莫名的恐怖。自己还是第一次见到这么巨型的装置，难以想象是怎样的实验才会使用这样庞大的加速器。

"这个装置为什么会在这里？我记得环形加速器的研究在一百年前就基本上停了，而且是这么大的一台机器。所以才要保密修建吗？国际上早就禁止以各种形式发展粒子加速器。"罗修不解道。

"等等，先别说那个。我刚刚意识到，如果以半径一百公里画圆，那么刚好可以把整个023巨城给圈在其中。"沙华一拍脑袋，但是拍在了穿着的防护服上。

"这么说来我也想起来一件事，023号巨城自建成后就再也没有扩建过。说不定从建造巨城时就已经在修建这台加速器了，但是那是在一百二十年前……"罗修说。

"喂喂，别忘了啊，现在的巨城边缘是几十年前随着环境防御工事建起来的，所以这台加速器应该是最近几十年的工程。"沙华迅速纠正道。

"但是在那个时候建这个有什么用呢？我看还是在建城之初为了将来发展才建成的，那个时期还没有禁止大型加速器研究，各联合都在发展更大更完善的环形加速器。"罗修反驳道。

"不管是谁，这台加速器一定有什么特殊的用途。"安生听着他们的争辩，忍不住插上一句。

"那肯定，需要这么长的加速器，或许是为了打开虫洞？"沙华接着安生的话继续说。

"怎么可能，开启虫洞可是……"罗修又和他较真起来。

安生轻叹一声，屏蔽了那两个人的语音频道。现在他只听得到墨丘利的声音了，但是传来的只有平缓的呼吸声。他才发现墨丘利已经沿着装置走出很远了。安生走了过去，这个脸上满是皱纹的人忽然停下了脚步，沉默着望向加速器。

"我们才刚开始，这不过是一台环形加速器而已。"墨丘利似乎察觉到了安生的视线，转过去背对着安生。

"您往这边走，到底是在寻找什么？"安生问，身后的沙华和罗修二人手电筒的光亮已经变成一个小点。

墨丘利不理睬安生的问题，而是打开左手手臂上的全息投影。一个地图以他为中心投射在空中，代表墨丘利的是一个蓝色的点，而不远处还有一个闪动的黄色小点。

安生忽然意识到了什么。

"您果然曾经在这里……"

"走这边。"墨丘利转过身面向安生，凹陷的眼窝里透出疲惫的眼神，"我知道你想说什么，抓紧时间。"

墨丘利在那光滑的外壁上熟练地找到一个位置，旋转了几下后拉出一个输入键盘。这样的结构对于普及触屏的时代来说有些落伍，安生猜这大概是为了设备在长时间内都能保持使用，也可能是年代久远的象征。随着密码的输入，一块钢板像卷闸门一样升起，外壁上出现了一扇能容一人通过的小门。墨丘利回头对安生做了一个保持安静的手势，侧身钻了进去。

安生小跑过去，尽可能快地也钻了进去。他刚进入，那门就闸刀一般"唆"的一声合上了。空间里白晃晃的灯光让安生睁不开眼睛，稍微适应光线以后他发现这个空间不大，呈狭长形，大概是这个装置的一条"半径"。正前方不远处是一扇玻璃幕门，门后大概几十米的地方有一个电控装置。如果安生没记错，那应该是环形加速器的加速装置。立在玻璃门一旁的墨丘利正在一个控制台上操作着什么。

"没有被他们两个看到吧？他们两个是局外人，太清楚反而更麻烦。毕竟这件事只和你有关。"墨丘利不知道什么时候已经脱下了笨拙的防护服，瘦削的身影好像变了一个人。

"没有，他们还在讨论关于这个加速器的问题。"安生如实回答。

墨丘利似乎完成了他的操作，深吸了一口气，转过身来。不知道是不是错觉，安生感觉他转身的时候脚下的地面抖动了一下。

不，那不是错觉。有什么东西正在高速靠近安生所在的位置。

"我们现在到底在哪里？这到底是什么地方？为什么要建这个加速器？"心里的不解让安生的双手止不住地随地面一起颤抖。

"你还是这么贪心。问题要一个一个问。"墨丘利打断他说，声音里流出一种不紧不慢的懈怠。或者说，是放下重担后的疲惫。

"如你所见，这里是 023 号巨城的地下边界线。我们的头顶上方是和这个装置同时建造的环境防御装置。事实上我和你父亲曾经在这里工作过很长一段时间。"墨丘利用那种旁白一样的语调说道，地面的颤动愈发剧烈了。

"可是，我所知道的……"安生不由得打断他脱口而出，半个小时以来，阴冷的地底下发生的太多事都远超自己的想象，苍白的灯光犹如执行审讯一样打在他脸上。

"孩子，你要明白，这里你将要知道的事……"墨丘利忽然停下不说了，似乎是在等待着什么，转过身去看向窗外。

终于就连那扇玻璃门也晃动起来，一个黑影随着刹车的尖啸声缓缓在门外停下，是一节黑色的列车。

一切安静下来后，房间中很快就只剩下两个人的呼吸声。

墨丘利深吸了一口气，一字一句地说："你将要在这里知道有关你和你父亲的过去……"

第十一章

时间

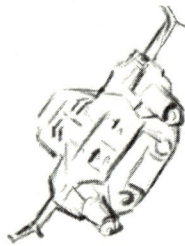

安生双眼无神地看向窗外。列车已经行进半小时了，他和墨丘利之间一直保持着一种奇怪的沉默，车厢里只剩下轨道与列车的摩擦声。

窗外的景色似乎从来就没有变过。这一切甚至都不能称之为景色，加速器漆黑的内部相隔很远才有一盏小灯孤零零地亮着，白与黑的单调组合高速交替飞过，十分乏味。

加速器的原理安生在很早的时候就了解过。环形轨道中带电粒子反复通过同一个加速间隙，当在间隙上加载与粒子回旋周期同步的射频电场时，粒子的能量将在一次次的圆周运动中得到增长，从而实现粒子的加速。

如此巨型的装置必然有很多个工作单位分布在圆环上，安生身下的这辆列车大概就是当时工作人员来回于各个节点的交通工具。或许这辆车也使用了电场进行加速，但是眼下单凭肉眼根本就无法判断列车的速度。因为没有参照物，安生感觉自己就像穿梭在时空隧道里。

车厢里没有座位，但是有设在两侧墙壁上的站式安全带，也就是靠着墙系住人体的安全带。说不定这是用于维修的小车。

毕竟自己进来时的入口怎么看都不像是正门，更像是特殊情况下才会启用的应急通道。

借着窗外时有时无的微弱灯光，安生勉强估算出这个空间的大小大概在九平方米左右，横竖也容纳不下多少人。如果这辆车真的是给工作人员日常使用的，那这说明当时留在这里活动的人数并不会太多，安生推断。

"没必要这么紧张，这里的安全系数很高。既然能扛过全面崩坏的袭击，在这个装置内我们是安全的。"墨丘利见安生四处张望，笑道。说完，他不知道从哪里掏了根烟出来，不顾车厢内禁止吸烟的标识自顾自地抽起来。

淡淡的红光在车厢的另一角闪灭，随后消失在朦胧的阴影之中。烟雾弥漫中安生剧烈地咳嗽起来。这种几百年来成分都没有什么太大变化的香烟燃烧的味道让安生头晕得厉害，他转过身去，用袖子捂住了口鼻。

墨丘利见状，打开了排风装置。那些令安生作呕的白烟从天花板的小孔抽了出去，一种香味从车厢的四个角弥散开来，安生顿时感觉心旷神怡，是薰衣草的味道。

"你父亲也不喜欢烟味。他总是远离有烟味的地方。"墨丘利又笑了。

"那又怎样，本来就有很多人不喜欢烟味。"安生的心被触动了一下，自己从来没见过那个男人抽烟。

"我只是感慨一下而已，没必要较真儿。从他把你托付我培养开始，我和他也许久没有见过面了。"

列车进入了隧道后，车灯毫无征兆地熄灭几秒，闪烁两下又亮起来。

"现在的速度是多少？"

"时速六百公里。"

一阵毫无感觉的沉默。

"你什么也不问？"

"想的东西太多了，头疼。"

安生靠在墙上，学着墨丘利的样子费力地拉上安全带，把自己固定在车厢上。他系好带子，刚想长舒一口气，后脑勺钻心的刺痛感袭来。

自进入这个设施里安生就感到一种异样，这里的机器甚至气味无一不给他一种似曾相识的感觉，却又在记忆里找不到任何存在过的证据。

"过去是由我们还记得的日子构成的，而不是那些我们经历过的日子。"

安生忽然想起那个男人以前和自己说过的这句话，心里有些发酸。

看到这辆列车时，安生脑海中曾一闪而过满脸胡茬的大叔，还有那个年轻漂亮的女子，这些画面自己一点印象都没有，然而就那样冒了出来。一瞬间记忆里所有的事情都是那么虚假。

"我说，放松一些或许会好一点。"

是墨丘利的声音，但是安生不想理会他。虽然自己不说话后很快就会被那些古怪的记忆包围，但是面对这个中年男人，安生无论如何都不想再多说一句话。

短暂的沉默后，脑海许多支离破碎的记忆投映在安生眼前。

无数个各有差异的男声女声在脑海中混合起来，脑中就好像塞进了一个菜市场，叽叽喳喳炸个不停，可是那些残缺的语句全然不能拼接成一句完整的话。

耳边的轨道穿梭声消失了，世界变得如此安静，万物模糊中安生听到墨丘利焦灼的呼喊：

"嘿，嘿！你还好吗？"

他正想应答，眼前的一切忽然消失了。又是这个真实的世界。轨道尖锐的摩擦声让耳膜有些胀痛，光影交错的车厢角落里，那个男人正如短线木偶般垂头休息着。

安生感觉自己大脑滚烫，把脸别扭地贴上冰冷的扶手。

"你在干什么？"墨丘利忽然问。

"降温。"

"这……"墨丘利不再理会他的迷惑行为，解开安全带，望向窗外，"我们快到了。"

"这是在哪儿？"

"这里是第一象限和第二象限交界处，你父亲工作室的所在地。"

"沙华和罗修他们两个人怎么办？你就这样把他们留在那儿？"

"别担心，我刚刚通知他们我们正在深入调查，让他们自己先回去。他们是找不到这个装置的入口的，累了就会回去。"

安生没再说什么，又看向窗外。

窗外的事物似乎慢慢清晰了，隧道灯出现的间隔越来越长。终于，列车在一片漆黑之中停了下来。

安生调整了一下呼吸，准备迎接接下来的一切。车门开了，一股灰尘混合着金属的味道冲进车厢。一阵巨响从头顶传来，似乎下一秒好几百米厚的土层就会塌下来一样。安生下意识抱头蹲下，却被墨丘利一把抓住了。

"这个应该是备用电力机组启动的声音。自开矿仪开发完成后这里就没有大规模的电力供应了。"

墨丘利拉着安生迈出车厢，黑暗中忽然有一排灯亮起，乍一看像极了黑暗之中的灯塔。随后，整个工作室里的灯一排接着一排亮起来。黑暗如潮水般退去，那些被埋于漆黑中的一切清晰起来。安生这时才发现工作室入口处于一个较高的平台上，脚下稀稀拉拉地放着各种器械。

粗略来看，整个空间被人为划分出几个区域。其中除了如质谱仪这样的分析仪器外，还有连成一排的种植仪器。培养罐中所有的植株都因停电而枯死了，留下巨大的干瘪茎秆立在那里。只有一个培养罐不知为何保持了供电，罐中的南瓜因为容器的限制长成了圆柱形，给人一种下一秒就要撑破罐子的感觉。

"他老是说要给家里人一个惊喜，一有空就带点生物学院的种子过来种。其实他什么也不懂，就只是瞎种，大概什么也种不出来，他也不是这方面的料，就算种出来估计也没敢带回家吃。"

安生不禁想象起那些实验植物活着时大得违背常理的样子，家里自然是没有见过这样的东西，他只是没想到那个男人竟然会对这些感兴趣。

"这些当年都是他自己一个人管理的。"墨丘利补充说。

再往后就都是黑压压的一片了。密密麻麻的立式机柜贝联珠贯，用于散热的叶片发出蜜蜂一样嗡嗡的响声。机柜群中间仅留下一条笔直的过道，通向远方一台十分奇怪的机器。计算机阵列的电缆如蜘蛛网一样伸向头顶，集结成束后又垂下来，一捆捆连接到平台上一个球形结构的顶部，空心球的内部嵌入了一张靠椅。

"怎么会这么眼熟？"安生自问，不论这东西是什么，自己肯定不是第一次见。电线像章鱼须一样从天花板的顶部向那个圆球延伸，绑在电线上的集成装置闪着星星点点的红光。有什么在强烈呼唤着安生记忆里的某些东西。

墨丘利对着安生打了个跟上的手势。瘦削的身影晃晃悠悠地向平台下走去，硬皮靴踏在台阶上发出清脆的声音。

安生注意到他嘴角扬起了一丝不易察觉的笑，走路的样子也变得不自然起来，而且越向中心走就越明显。

黑色长廊里高速转动的散热片一片嘈杂，如蜂群一般密集的声响挥之不去。安生不清楚究竟是什么样的设备需要如此庞大的计算机支持，自己从小就开始学习编程，但是机柜上有关电子元器件的标识一个都不认识。

要是沙华在就好了，哪怕是罗修也行。他们两个信息学院的学生或许看一眼就明白了。安生跟随墨丘利走上装置所在的平台。近距离站在那些从头顶的黑暗中拉出的电线下，他忽然觉得自己就像是海底的鱼，而那些细长的电线则是钓鱼竿甩下的线。

"我说，你真的什么都不记得了？"

"有什么话您就直说。我现在头真的很痛。"

"行吧。这里就是你父亲当年和我一起开发'先驱计划'的地方。"他看向中间那台仪器，目光中流露出自豪。

"您是说……"安生打量着那个靠椅，看上去它除了坐上去会很舒服以外并有什么特别之处。

"开矿仪很美，不是吗？天才安远最引以为豪的作品，也就是你眼前的这台机器。可以这么说，如果没有开矿仪，就不会有现在的月球基地。"

传闻中的开矿仪就在自己眼前，安生心里不禁暗自吃了一惊，可是无名的不屑和愤怒翻涌着冲到嘴边：

"就是这个？"

"就是这个？"老人听了安生的话明显吃了一惊，随后发出一声来自灵魂深处的叹息，"它可是出自你父亲之手。"

"是啊，出自那个我妈临死前还牵挂着却来不及见一面的男人之手。"安生咬牙切齿地说。

"你根本就不明白！你要知道你父亲当年在这里设法平衡系统的时候只能一个数据一个数据地调整。那种牵一发而动全身的测试，七万多次的尝试，整整七万三千六百八十一次，安生，整套系统的设计一共要……"

"够了，我很感谢您带我参观这个开矿仪纪念馆，但如果您费尽心思带我来这里只是为了说你们之间的创业经历，那我们大可返回地面再坐下来泡杯茶细谈，不过我对这段故事一点兴趣的都没有。月球上还有危险，我没空在这里听您讲故事。"安生毫不留情地打断他。

"你说什么？你已经知道了？"墨丘利惊讶道。

"知道什么？"其实安生也不知道为什么自己这么烦躁，大概是因为墨丘利刚刚提起了"安远"这个名字。

"当时有关月球的事。我不管你是从哪儿听说，还是自己得出来的结论，留给人类的时间确实不多了。这也是我带你来的原因，没想到你已经知道了，倒也省了我解释的工夫。"他摸索着按下了靠椅上的一个按钮，一个接满了电线的头盔从靠椅旁递了出来。

"我知道又怎样？沙华和罗修还在外面，您就不怕他们两个出什么危险？"安生接着他的话说下去。

"车就在离他们几百米远的地方，要是这样也能出什么岔子，只能是他们自己的原因。何况他们两个本来就不是这次行动的主力，就算……"墨丘利头也不回地说。

"够了！一口一个行动，我和他们都是活人，就不能好好说话吗？"安生听他这么说自己的朋友，声音有些激动。

"谁不能好好说话？够了，说话注意点，我可是你老师！"墨丘利回头怒喝道。

"老师？哈哈！"安生觉得无比讽刺。

"安生！你别得寸进尺，没有我，你永远也找不回你的记忆。"

"我才不要你带我找回什么记忆，你有什么资格和我谈论我的记忆？你以为你在罗巴联合……"安生忽然感觉鼻子有点温热，一点鲜红在视野里出现了一瞬就消失了，地上传来啪嗒一声，"这是……血？"

"罗巴联合？算了，正事要紧。你小子应该放轻松一点，没想到副作用已经这么严重了，你居然一直挺到了现在……看来知道得太多对你来说并不是一件好事。不过不用担心，你要是全部都想起来，应该就会好了。"

墨丘利活动了一下身体，径直向安生走去，眼中露出凶狠的光。安生见状下意识后退两步，却因为头痛而单膝跪倒在地上。愈发模糊的视线中那摊红色在一点点扩大。自己还没来得及站起来，右臂就被墨丘利抓着拖向开矿仪，鼻血滴了一路。

安生不知道他要干什么，但是自己此刻完全无力反抗。墨丘利虽然看起来瘦得皮包骨头，却有着与自身躯体不符的惊人力量。安生挣扎了几下，无果后只能放弃抵抗，任由他粗暴地把自己拖到靠椅上，简单处理完鼻血后给全身绑上了束缚带。

"没必要惊讶，机械外骨骼你也见过，这是托斯工业的老朋友送给我养老用的。虽然它们通常作为义肢出现在市场上，但在这种情况下还是很管用的，连我这样手无缚鸡之力的人也能获得力量。"墨丘利边说边撸起了袖子，安生看到他手臂上裹着一层乌黑的金属。

"你到底要做什么？"

"我要让你想起你所忘记的一切。现在要给你用的方法还没有测试过，但从理论上来说应该是没有问题的。你的记忆将会悉数回到你的脑中，至于完整程度我就无法保证了。"

"我的记忆？你们到底对我做了什么？"安生怒不可遏，想要爬起来抓住墨丘利，但是靠椅上的束缚带让他动弹不得。

"是你自己对自己做了什么。虽然身为背后操纵者的我说这话有点无耻，但当时做决定的人是你。安远一直不希望恢复你的记忆……但事关人类的存亡，我也顾不上那么多了。月球上还有超过三百处的储藏装置，就算现在倾全人类之力，也不可能在有限时间内完美回收。只有动用开矿仪，不然一切都毫无希望。"

墨丘利越说越激动，拿起一管黄绿色的液体晃了晃插在开矿仪的头盔上，随后把它戴在安生的头上。安生竭力想摆脱那个插满管线的奇怪头盔，可是每一次挣扎过后自己的身体就更飘飘然一些，就好像是不断充气的气球。

失去意识前，他记得墨丘利站在离自己五米远的地方平静地看着自己，如释重负地说道："这里面有一些催眠成分，很快你就会知道我所说的到底是什么了。"

黑暗，不着边际的黑暗。

安生感觉失重一般悬浮在空中。他尝试了一下，四肢还可以移动。头已经不疼了，但是手触碰不到自己的身体。这个空间里感受不到时间的流逝，也看不出来空间移动。没有任何参照物，但却那么熟悉。

不知从什么时候开始，正前方有一个高大的人影向自己不断靠近，或者说自己在向他靠近。那身影熟悉又陌生，安生很快就认出他来，只不过这时候的他背影还很挺拔。

很快风开始吹动起来，一阵野花清香沁入鼻腔。耳边出现了一个稚嫩的声音："爸爸，还有多久到啊？"

这个声音是小时候的安生。

那身影没有回头，而是俯下身来，看向脚旁边的一片黑暗，声音年轻而富有朝气："就快了，有点耐心。你看，今年的长势还挺好的。这里有你喜欢的覆盆子。"

安生有些惶恐，不敢继续靠近。他想逃离这一切，但身体却无法动弹。为什么开矿仪中有我的记忆？

还没有想出答案，眼前的世界忽然明亮起来。所有的一切都看得清了，男人的脸，野间小路旁覆盆子，天空中淡薄的云，还有一望无际的田野。小麦色、玫红色、白色，万物又带上了它的颜色。

暖阳放射出柔和的光，眼下正是春天。那个名叫安远的男人见安生迟迟不肯过去，露出了无可奈何的笑容："这么大了，总不能让我背吧？"

安生一惊，男人走过来，背对着自己蹲下。小安生跳上去搂住他的脖子，把脸贴在他的背上。

他宽厚的背肌十分有力，令人舒适的体温透过浅蓝色的衬衫传到自己的身上。安生看清楚了，这是荒野里一条像田埂一样的小路，身后远远地能看到停着一架小型飞机。前方是一个小土丘，那里有一棵枝繁叶茂的大树。

"喏，就是那里，看到了吗？我在上面给你搭了个秋千，怎么样？"他的声音透过胸腔清晰地传来。

"真的吗？我还是第一次玩秋千小安生！"小安生听起来高兴坏了。

安生心里百感交集。这座土丘安生去过很多次，但每次都是他一个人，而且那棵大树只剩下光秃枝干。自己没有和任何人说过有关这里的事，包括母亲和望舒。他不知道曾经自己为什么会选择那个小土丘，他从来不记得还有这段往事。

"哈哈……等会儿带你好好玩啊。刚好今天有空。这地方连你妈妈都不知道，是我们的'秘密基地'。回去要记得保密，这样下次有机会我再带你过来玩。"他用哄小孩一样的声音温柔地说，随后爽朗地笑了起来。

"嗯！"小安生高兴地回答。

不可能，自己一定是在做梦。那个整天泡在实验室，在我需要时从未出场，在母亲需要时不见踪影的那个男人，怎么可能会做这一切。

安生想要逃离这一切，要是这一切都是真的，要是这一切都是真的……

忽然间场景变化了，安生松了口气。他赶忙整理思绪，这是安生的家里，灯已经熄灭了，窗外明亮的月光洒在客厅里。安生的视角看起来变高了一些，距离上一段记忆应该过去了几年。

安生借着走廊里微弱的光走着，耳边是自己平缓的呼吸声。应该是起床上厕所吧，这个方向是厕所的方向。

果不其然，原来真的只是上厕所。他不知道这样的记忆有什么意义。

他借着月光往自己的房间走去，视线却忽然停在了书房前。房间里传出收拾纸张的摩擦声，还有水杯掉在地上的一声闷响。他正听得仔细，门忽然打开了。突如其来的亮光让安生下意识用手臂挡在眼前。

"怎么还没睡啊，是起来上厕所吗？"

果然是他在这里。安生揉了揉眼睛，书房里的布置和后来没有什么区别，但是眼前这个男人着实有些让自己吃惊。明明几分钟前他还是朝气蓬勃，现在却颓废不堪。胡茬从下巴一直延伸到耳边，缺乏打理的头发乱成一团。

自己的记忆里还是没有这一段。"爸爸你怎么还不睡啊，又在写作业吗？"

"是啊，爸爸有好多作业要写。不用担心我，我很快就睡觉了。"安远蹲下来，疲惫的脸上露出了笑容，"你也是快上初中的大孩子了，多休息才能长高。"

"那我帮你收拾一下，你就能早睡了。"

安生弯腰去捡地上散落的纸张，发现每张纸都是书信的格式。署名是安远，而收信人是自己，内容还是一片空白。纸堆顶层贴着一张像清单一样的便利贴。除了修正一些新算出来的数据，有一个像是日期一样的数字被特别圈了起来，在一排排黑字中很是显眼。

"这是……"安生的声音充满了疑惑，拿这张纸问。

安远接过一看，笑着拍拍安生的头："傻呀，二月九日，这是你……"

话还没说完，场景又切换了。

这次是初中的教室，自己坐在座位上，对着空无一人的讲台发呆。那个日期感觉前不久似乎才见过，到底是什么……

"安生？"

思路被打断的安生应声扭头。只见身穿米白色校服裙的望舒站在门口，看起来她似乎是回来拿东西的，却没想到安生也在这里。

"你还没走啊……我还以为班里已经没人了。"她走回自己座位，在抽屉里翻找了一下，可是什么都没有拿。

"你在找什么啊，要我帮忙吗？"安生问。

"没什么没什么，是你怎么还在这里不走？"望舒在安生邻座的位置坐下，金黄色的夕阳从窗户洒进来。

"我爸昨天问我，要是我长出了翅膀，我会去哪里。"听到六年前的自己认真地说出这句话，安生还是感觉有些难为情。

"你爸爸好有意思啊，不像我爸天天死脑筋。"望舒也摆出一副认真的样子，"嗯……那你想好了吗？"

"我也觉得我爸很有趣。关于这个问题吧，其实我还没有想好。"安生挠了挠头，"那你呢，你想去哪儿？"

"我想在云层之上看日出。"望舒不假思索地说。

"噢……那要是我长了翅膀，就带你去云层之上。"安生想了一下，得意地说。

自己刚把这句话说完，场景就再一次切换了。一阵机械运作的啮合声毫无征兆响起，冰冷的齿轮声里夹杂着嘈杂的人声。

安生睁开眼，不禁倒吸一口凉气。终于来了，是安远的实验室。有很多穿着白大褂的人围在平台底下，忐忑地注视着自己。

"你确定你要进行采集数据实验？"说话的人是墨丘利，他从开矿仪侧面的视线盲区中走出来，"先说好，这项技术还不成熟，毕竟是初代机，很有可能会对大脑造成损害。"

"如果我不来做的话，那是不是就要轮到我爸亲自上场了。"安生的声音有些颤抖，听这声音，这段记忆约莫是在上高中之后的事了。

"没错。你父亲他研发了这台开矿仪,但从现在的状况来看,还缺少关键的组件,也就是有关操作者的大脑资料。"墨丘利找了个凳子,点燃一根烟慢慢地说,"虽然你父亲作为第一操纵者最为合适,但是你也能完成这个任务。你明白我的意思吗?"

"那我要做什么?躺在这里?"安生因为烟味而捏住了鼻子。

"把这个头盔戴上,具体的事项我们会在你进入开矿仪以后指导你的,你将会进到一个虚拟的世界中。"墨丘利讪笑了一下,找了一个烟灰缸摁灭了烟,"头盔里的极片将扫描你的大脑结构,读取你的神经元活动。在和你神经元运动达成同步后向你输送生物电进行反馈,你的部分'意识'将会在某种程度上被吸进台下那些计算机的内存里,然后再被释放到处理器……你将是第一个使用开矿仪的人。"

"我不在乎是不是第一,开始吧。"安生的语气坚定,"我做这一切只是为了我爸。"

听到当时的自己这么说,安生整理了一下思绪。一个不争的事实呈现在眼前——原来当时真的是自己,是自己主动选择了接受实验……

为了那个男人,为了自己的父亲。

"真羡慕安远有这么好的儿子。各单位注意!现在要开始第一次连接,赶快回到自己的岗位上,争取一次成功!"

台下所有人如释重负地散开,一声没有忍住的叹息短暂地打破了静谧。

"等等，我还有……"躺在靠椅上的年轻安生不知道是不是感觉气氛有点不对而大喊道，却发现自己已经说不出话了，头盔里的药物开始起作用了。

"组长！他说等一下，要不我们还是再向安远申请……"一个年轻一点的组员向墨丘利喊道，眼睛不断看向安生这边。

"安静！不管那么多了，先把数据弄到手再说，"墨丘利头也不抬，语气里满是急躁，"所有单位注意，现在开始倒数三秒……"

记忆中那种脑袋昏沉的感觉袭来，安生这才意识到一件事，那时答应墨丘利的时候并不知道会失忆。

可是所谓的大脑受损，不就是这个意思吗？在当时状态下，自己就算知道也会去做吧？

安生的眼前又是一片黑暗，他很清楚有什么要来了，那些自己遗失许久的东西。

一瞬间过去的记忆潮水般涌来，其中的一小部分是关于母亲吴妍和望舒的，大部分都和那个男人有关。

自己十岁生日时切蛋糕的画面，桌上日历的二月九日被标成了红色，切蛋糕的人是他；自己在学校摔伤在医务室擦着药水，打开门看到自己时由紧张而放松下来的人是他；带着一家三口在天台上吃烛光晚餐的人也是他……

他是自己的父亲，是自己一直想要逃避否定的那个人，是自己以"那个男人"称呼的人，是刻在自己心上的一个人。他叫安远，他给自己取名叫安生。可是自己把一切都忘光了。

是的，安生什么都想起来了。有关温暖家庭的记忆，就像是蒙上纱幔的珠宝，而那层阻碍安生认知世界的灰布已经消失了。

但是，一切都晚了。父亲和自己说过，有些事情是错过就挽回不了了。所有想要说出口却止于唇边的感谢和爱，都已经不再有意义了。

"嘿！嘿！你还好吗？实验已经结束了，该死……快检查一下大脑的情况，这里没人希望安远过来看到自己的儿子像植物人一样躺在这里吧？"

安生感伤还来不及，墨丘利急切的声音就由远及近地传来。

"报告！内啡肽注射完成，目前各项生命指标在稳步回升中，大脑各区域正常，胼胝体状况正常。现在我们至少不用担心他的左右脑分离变成裂脑人了。只是颞叶……"另一个年轻声音犹犹豫豫地说。安生听出来了，是那个实验前要喊暂停的实验人员。

"只是什么？"一个声音远远地咆哮道，整个实验室瞬间只剩下机柜叶片的转动声，脚步声由疾走声变为了奔跑声，"墨丘利，谁允许你带我儿子来这个地方了！"

安生艰难地睁开眼，大脑表面各处传来不同程度的刺痛感。就连呼吸的方式都有点生疏，好像重新出生了一样。

自己没有被绑着，但是浑身上下传来的无力感让自己动弹不得。一股铁锈味从鼻腔中传来，应该是流鼻血了。耳鸣中他听见那个奔跑的声音越来越近，眼前两个穿着白大褂的男人，那个年轻组员和墨丘利僵在原地，不敢朝跑来的那个人看。整个实验室死一样沉寂。

那男人冲上平台，安远的脸跃然出现在眼前。他走向躺在开矿仪中的儿子，却被身后的墨丘利一把抓住了手腕。安远被激怒了，他转身用另一只手抓住墨丘利的衣领。

"你做了什么？是你让他使用开矿仪的？"

"别激动嘛……这次实验很成功，数据大部分都录入到了系统之中，你已经不用再做采集实验了。"墨丘利吐出这些话，笑了一下，"接下来只要调整一下数据，你就可以安全地使用开矿仪了。真不愧是你的儿子，你们大脑中有很大一部分回路很相似……"

"谁让你这么做的？他可是我唯一的儿子！"

"那你也是开矿仪唯一的使用人啊。要是你在采集实验中出什么意外，那整个'先驱计划'小组的人都要和你一起完蛋，但如果有人……"

安远松开他的衣领，紧接着重重的一拳落在墨丘利的右脸上。安生想叫一声父亲，可是嘴唇发不出一点声音。

"你打我？我可是帮助你完成了计划最后的一块组件。"墨丘利啐了一口血，脸上的笑满是得意，"你应该感谢我才对，你和我说要让开矿仪尽快完成，而我所做的一切，都是为了这项计划。我早就知道做采集实验的人没法全身而返，总要有人做出牺牲，更何况，他是自愿……"

听到最后那句话，安远撇开墨丘利冲到仪器前，双手抓住安生不停地叫喊着他的名字。

"安生！安生！"

等待他的先是沉默，然后是一句让他的心坠入冰窟的话。

"你是……谁？"

　　安远的表情僵住了，抓着安生的手也渐渐松开了。身后那个年轻组员贴过来小心翼翼地说："实验结束时因为情况危急，只能执行强行脱离程序。颞叶有一部分还没来得及传输完成，包括海马区……他还有一部分意识还保留在电脑里，是他最后想起的那一部分。"

　　"实验的最后他一定以为自己再也醒不过来了吧……如果知道自己要死了，你最后会想什么呢？"安远双眼失神望向那个组员，"那孩子一定在想那些生命中最重要的人，那都是些最宝贵的回忆。"

　　那都是自己最在乎的回忆啊，安生心想。他在过去的身体里看着自己的父亲面带绝望别过身去，心里不住地大声呼唤父亲的名字。可是没有用，他听不到一个字。说到底，这只是记忆而已。

　　"安远博士，我们说不定可以在下一个实验阶段尝试将那些记忆导出来，只是现在……"

　　"够了……别说了……我自己研发的东西我明白，到了能导出来的时候，那时的安生或许会恨我吧……"

　　那些组员无一不低头不语，只有墨丘利爬起来靠着桌子狼狈地清理着满脸的血。

　　安远走到平台边缘坐下，用手捂住脸，就像是被抢走了糖的小孩一样。没有人说什么，大家只是静静听着空气中机器的嗡鸣声和男人轻轻的啜泣声。

　　安生拼了命想要去触碰父亲，但是一种吸力正将他扯离这段回忆，那个身影离自己越来越远，终于变成一个自己再也抓不住的黑色小点。

　　与此同时，一个叫喊自己名字的女声和一个哭声渐渐清晰，五官的感觉都变得真实起来。

　　安生又一次睁开了眼睛。

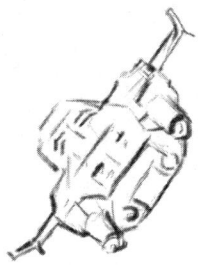

第十二章

逃避

是望舒，是她在焦急地呼唤着自己。安生看到她眼角有两条泪痕。

"我都想起来了，所有有关过去的记忆，包括你。"安生虚弱地动了几下苍白的嘴唇，勉强笑了一下。

见他醒了，望舒隔着头盔就搂住了安生。

"太好了……沙华他们回来的时候，我听说你和墨丘利一起失踪了，还好搜救队找到了这里，我还以为，还以为……"

"有点太紧啦，你看，我这不是没事吗？"

望舒赶忙松开手，红着脸抹了抹眼角的泪花。

他用眼角的余光瞟到沙华和罗修，同时还有一大批身穿月矿协工作服的人。一个身穿白大褂的医生站在望舒身后，看起来有五十岁。

"有什么地方不舒服吗？"那人拿着一个记录板问。

"除了还有一些头疼以外，其他方面应该没什么大碍。"安生虽然嘴上这么回答，但脑中搅成糨糊一样的记忆中的每一件都像海浪一样冲击着不稳定的情绪。

"你记得刚刚连在系统之中发生了什么事吗？"那医生推

了推眼镜，看向安生。

"哎，怎么了？"安生说。

"你还问'怎么了'……安生……"望舒忍不住说，"你在哭啊。"

"在哭？"安生愣住了。

"安生……"

"可是……好奇怪。"安生自己笑着摇摇头。

"看来是一切都想起来了啊。这样你就可以执行任务了，人类这下有救了。"一个声音咳嗽了两下，墨丘利从阴影里走出来，意味深长地说。

"你这为了名利不惜手段的家伙！"安生顺着声音看去，气得牙齿直打战，他扯着嘶哑的嗓子吼道，"如果不是你，我根本就不会和这一切扯上关系。你永远也无法理解我的感受！你永远体会不到我的愧疚，我生命中最重要的人想要帮助我，而我一次次伤害了他们。"

墨丘利的手上铐着手铐，静静地看着他说完，眼里透着寒光。他直视安生的眼睛："你骂我也好，恨我也好。唆使你去你做实验确实对不起你，但开矿仪的确被造出来了，人类历史上最浩大的月球工程也得以开展。你当时为什么会做这个决定，现在你应该也想起来了。"

"说到底人这一生不就是为了自己心中的理想而奋斗吗？我的家乡在北极圈内一个偏远的小镇，一年中能看到太阳的时间很少。我的第一个梦想就是长大了要去一个一年四季都看得到太阳的地方。"墨丘利见安生不言语，接着说，"我所做的一切都对得起我的梦想，不管是当时在罗巴联合工作研究反物质，还是后来跳槽来月矿协参加'先驱计划'的开发，抑或是现在让你恢复记忆。我的目标达到了，我已经没什么遗憾了。"

"这么说，那个把机密泄露给罗巴联合上层的人是你。"安生几乎是挤空了肺里的空气在说话，胸口闷得好像堵了块棉花。

"我之前确实为罗巴联合工作，可是来到协会以后我就彻底与那边断绝了来往。你听着，不管过去怎样，现在月球上可是相当于有几百枚超级炸弹，距离储藏装置失控已经不到五天了。你要明白，现在全人类只能仰仗你了。"

"闭嘴……"安生抱着头，像是要分开体内的另一个自己。还没有听他说完这段话就晕倒过去。

"你这家伙，他才刚刚恢复记忆！你说那么多奇奇怪怪的话是想逼疯他吗？"沙华抓住墨丘利的衣领，那人却很冷静。

"就算逼疯他也要说。因为快要来不及了，开矿仪需要人脑进行高精度连接，全世界只有找回了记忆的安生和安远的思维模式契合度最高，只有他才能做到这件事。"

一个右脸留着疤痕的年轻男人走了过来，沙华在虚拟网络上见过他很多次，每次望舒他爸出席活动时总有他在旁边，大概也是月矿协的某位领导。

刚刚的那些话年轻男人也听到了。他清了清嗓子，面色凝重地对墨丘利说："几个小时前罗巴联合的前领导人和我们秘密进行了会面，你所说的确实和我们得到的消息一致。情况变成现在这样你有很大一部分责任，但此刻，我们需要安远脑袋里的东西。"

"忘了介绍，我叫马达，是月矿协目前的……代理会长。"马达说这句话时看了一眼望舒，刻意放小声了一些。他大概是想起了她的父亲。

就像是设定好时间一样，安生醒了过来。他做的第一件事就是确认自己的心跳，听到那个声音有力地咚咚作响后，他又无力地倒下去凝视天花板。

天色早已暗下来，安生盘算了一下，自己大概从凌晨睡到了晚上。没过多久望舒就端着晚饭走进来。

安生觉得望舒似乎比以往看起来成更熟了。可是成熟是什么自己也说不清楚，大概是一种隐藏自己情绪的能力。

"医生说你大脑活动太多，要吃一些能量高的食物。我给你带了牛排，是全熟的。"望舒见安生看着自己手里的牛排发呆，解释道。

"嗯……我爸以前也喜欢煎成全熟。抱歉，要是不介意的话，东西你就先放在这儿吧。我想自己待会儿。谢谢你。" 安生揉了揉太阳穴，故作精神地说，"谢谢你来看我。"

"嗯，应该做的，我们是朋友嘛。你记得吃，等会儿就凉了。"望舒没再说什么，关门走了出去。

房间里的安生拿着刀叉犹豫了一下，下定决心似的迅速吃完了牛排。他擦了擦手，看向窗外陷入沉思。人类危在旦夕，墨丘利说自己可以拯救人类，可是自己连巨城都没出去过，更别说那个远在三十八万公里外的月球了。

一种对死的恐惧像铁链般捆住了安生。

他下定了决心要逃走，于是拿起床头柜上的衣服就快步离去。他知道这里有摄像头，开了门后就发疯地跑起来。他想，只要能跑出这栋建筑，或许就有可能逃走了。

"安生？你怎么出来了？"安生做梦也没想到会迎面碰到望舒，下意识就拉着望舒一起跑起来。

"我不能在这个地方待下去了，我得离开这群人。""安生，你等等，你告诉我，你真的要离开这儿吗？那之后呢？能去哪里呢？"望舒喘着气问他。

"我已经看到了这一切的结局。我会像我父亲一样因为开矿仪而死，那种从大脑内部撕开的感觉实在太痛苦了，我不知道我还能不能再熬过一次……"安生不敢回头看望舒的脸，这样的话从自己嘴中说出来他都自觉可耻。望舒一定会很失望吧，对这样懦弱的自己。

"我明白了，如果你决定了的话，那就逃吧。我会帮你引开追来的人。"望舒思忖了一下，回答出乎意料。

她接着说："你本来就喜欢把所有事往自己身上揽，之前你还因为不知道该怎么去挽救这一切而苦恼，现在你有了这个能力，却又想要逃离。你可能不太清楚自己在做什么。但即使这样我也支持你，你一定很累了，逃出去找个地方休息一下吧。"

长廊里的光昏暗下来，警报声随着报警灯的红光四起。看来协会已经发现安生出逃了。一种类似滚轮滚动的声音贴着地面传来。

"应该是警卫机器人，听这声音还有无人机。他们需要你，所以不会装载实弹的，但是被催眠弹射中你也跑不成了。"望舒挣开安生的右手，停下跑动的脚步，"我拖住它们，你快走。"

"可……"安生动犹豫了一下，停下脚步看向望舒。

"叫你走就快走啊！留在这里真的是你想要的吗？你好不容易找回记忆了，你应该去追寻真正喜欢的东西才是。这件事只有你自己才做得到，我没有办法帮你。"望舒从腰间掏出一把枪来，是那种发射干扰信号的电子枪，"所以快走吧，别让我再担心你了，好吗？"

"望舒，再给我一点时间，我一定会回来的。"安生踌躇了一下，没有再说什么，转身跑动起来，停机坪应该就在走廊尽头。

"我相信你很快就会回来的。"望舒对着他的背影喃喃道。

等到安生终于冲出天台时，楼道里才再一次传来飞行器的嗡嗡声。安生不知道她如何拖住"追兵"那么久的，正是这些时间才让他有机会跑上天台。

天台的视野极开阔。安生咽了一口口水，四处张望一番，幸运的是停机坪上居然连一个人影都没有。他找了一架看起来带有自动巡航功能的飞机，拉开舱门，坐了进去。他拉过安全带，因为慌张扣了两次才扣好。他翻找了一下随身携带的卡夹，从最里的夹层中找出一张卡，放在驾驶盘上的识别区域。随即一个语音响起——"欢迎您，安远博士"。

安生心里泛起一阵心酸。这张卡是月矿协内部最高权限卡的备用卡，父亲在生日那天作为礼物送给自己。一看只是张毫无特点的白卡片，安生就不屑一顾地夹在房间的某本书里当成书签。吴妍发现后训了安生一通，又强硬地把卡放回卡夹里。安生觉得麻烦就一直没动过，没想到竟然有一天会用上，更没想到是用于逃跑。

　　他滑动了一下悬浮在空中的立体地球仪，随便选定了一个位置按下去。确认目的地后，机身下喷出两道气体使其悬浮在空中，稳定后机翼也喷出两道白气。飞机朝着某个方向加速起来。各个高楼上的监控包括防御炮台向日葵般向着安生的飞机转动，但是没有要攻击的迹象。安生猜测果然没错，这群人需要自己活着去拯救世界。

　　飞机的速度越来越快，窗外的一切都飞快地向后退去。身后的停机坪似乎又起飞了两架飞机，但是这个距离下已经不可能拦截安生了。这时飞机上响起了电话铃声，全息屏幕上投影出那个叫马达的代理会长的刀疤脸。安生不假思索地挂断，随即意识到了什么，伸手要去关闭飞机的通讯和定位系统，此时又是一个电话打来，这次投影中浮动的是沙华的大脸。

　　安生伸出了手，停在半空几秒后才不耐烦地接通："我不会回去了，没必要劝我。"

　　"你放心，我不是来劝你的，协会的人给我两分钟的通话时间。你放心，望舒没有事，他们虽然生气，但也没有刁难她，毕竟她不是他们要的人。那些人都快要气炸了，因为以协会现在的能力，拦截你的飞机都是个问题。主要原因还是他们追不上……哈？什么叫追不上？还不是因为你运气好，啥不挑偏偏挑那台造价堪比一枚火箭的'蜂鸟'飞机，它的极限速度快赶上导弹了。只是没有任何飞行服的你不能使用那种速度飞行而已，否则你就会因超高的过载而内脏移位。"沙华的语气里丝毫没有责怪安生的意思，安生觉得他确实不是协会派来说服他的，"那个叫马达的代理会长都气得跳起来了。他似乎很支持墨丘利，因为你自身情绪延后了出发时间而大感恼火。因为在马达的计划中，就算你一醒来就出发也无法赶在爆炸之前到达月球。"

"还有别的吗？再拖的话，我可能会因为通讯信号被追踪。"

"等等……其实我是要给你看一封邮件，这封邮件必须交在你的手上。收信人写的是你的名字，发送地点是月球。"沙华郑重其事地说，"我知道你想说什么，是的，是用你父亲的账号发来的，协会里还没有人看过。发出时间就在导致全面崩坏的爆炸前数小时，说不定你看完以后就知道你父亲是怎么……"

"喂，喂？"安生还想说些什么，但是对面已经没有声音了。这时一件邮件被传输到飞机的电脑上，安生犹豫了一下，还是点击了接收，待文件接收完毕，就切断了飞机上的所有通信系统。

机窗外一片黑暗，这是一个看不到光的夜晚。一度徘徊在意识之外的困意卷土重来，这大概是使用开矿仪的后遗症。安生瞟了一眼邮件闪烁的光标，调整好座椅，眨了几次眼便睡了过去。

熟悉的房间里，昏黄的床头灯照着男人的脸。一个稚气未脱的男孩乖乖地躺在床上闭着眼。

"他被狠狠地打击，没有人伸出援手，而他也因此变得更强。"男人的声音很柔和。

"爸爸，后来呢？"小男孩好奇地问。

"后来你不是知道了吗，这个勇者啊……"

话没说完，一道亮如白昼的光闪过，随着一声惊雷，安生猛地睁开眼睛。自己还在飞机上，雷达上显示没有靠近的飞行物，看来协会还没有追上来。前方黑压压如高山耸立的云塔里闪电四起，散发着危险的气息，就连飞机的自动巡航系统也发出了警报。安生抹掉额头冒出的汗滴，伸手关闭了警报。他调整了一下飞行方向，绕开了那片雷雨云。

视野清晰后，安生发现下方是一片波光粼粼的大海，四下看不到有陆地的迹象。抬头是愈发饱满的上弦月，月盘的东南一角涂了墨似的有些偏暗，那正是爆炸的中心位置。细看有一条细长的白丝带环绕着月球，大概是那些全面崩坏时被击飞的月岩。它们达到了绕月飞行的线速度，成了月球的小卫星，汇集多了就成了"卫星环"的样子。

安生深叹了一口气，

之前那个因为找不到解决方法而来回踱步的年轻人已经不见了，安生这样告诉自己。现在的自己根本就没有能力完成拯救人类的任务。

安生把刚刚的想法重复了两遍，可是还是不能够安心。他想寻找一种感觉，就像是上学时候老师在黑板上提了一个问题，就算是简单到所有人都可以答对，但大部分人都会选择低头沉默，这时总会有人主动站起来回答。他想说的就是那种不去回答时却仍感觉理所应当的感觉。可是这次没有，这次恐怕和以前的问题都不一样，自己没办法选择默不作声地旁观。安生很清楚，这次不会有其他人帮自己回答这个问题。能解答这道题的人只有他。

　　他一想到这儿就想找个地方藏起来。不错，即使在上学时，他明明知道正确答案，但是主动回答问题的次数用一只手也可以数得出来。燃料已经快要见底了，飞机飞不了多久就会启动迫降程序。返程的储备肯定是不够了，不过自己一开始也没有考虑回去这件事。

　　自己究竟为什么要逃呢？理性上来说，这样的逃跑毫无意义。可是自己还是逃了。安生自从拿回了过去的记忆，脑中的缺失感消失了，可是自己就好像变得不再是自己了一样。那些过去所经历的种种再一次重归记忆时，就好像有一部分新的"我"加入现在的"我"之中。心里无法消除的突兀感，是因为那些记忆让自己意识到有些事已不可弥补，还是因为过了这么久对以前的记忆陌生了呢？安生找不到一个准确的答案。

　　他揉了揉太阳穴，发现飞机已经开始自动降低高度了。飞机穿过一层层像流苏一样的薄云，晃动后平稳地落在了海面上。

　　这下自己是真的束手无策了。这就是自己对命运最后的反抗，结局还真是不堪啊，安生想。

　　安生像坐船一样随浪晃荡在水上，视线忽然又集中到了立体投影里那封未读的邮件。面对冷漠的儿子父亲究竟会说什么，他无法想象其中的内容。

　　等到月亮已经换过了一个角度继续把银辉铺满海面，安生才点开了邮件。

　　嘿！儿子，好久不见，上一次给你写信是六七年前的事了，那还是你生日的时候。说实话我还没想好要写什么，听你妈说你最近这段时间也没有回家，不知道你最近身体怎样，有没有好好吃饭。月球上的一切都很不错，地月之间被封锁了联系通道，我很牵挂家里的一切。我实在太想见你们了，恨不得立马飞回去拥抱你们两个。只是上面最近在闹一些小矛盾，不过很快就会解决。我等会儿就要去连接开矿仪了，现在只能是抽空写上一些。等到封锁解除我就回去。

我知道，你其实一直都对我有看法。你大概很恨我吧。我自己也一直在想，作为一个父亲，我真的很不称职。还有你母亲，我觉得我这一辈子也弥补不了她，我也是一个不称职的丈夫。我已经决定好了，等这次回去就找个轻松一点的职位，多回家陪陪你妈。她受的苦太多了。

有件事本想等回家再和你好好说，但是我这边的情况来看，我还是现在就说吧。接下来的话你可能会感觉很不可理喻，但请你耐心看完。三年前你曾经在我的实验室里丢失了一部分记忆，是那些你濒死前最后想起来的记忆，有关你曾喜爱的一切……以尚未恢复的记忆，你一定会觉得我是个疯子吧？突然从自己讨厌的人口中说出如此歪曲道理的话。我知道你可能不愿再看下去，但请再坚持一下。这些年来你长大了，也有自己的看法，我都选择尊重你。

墨丘利，也就是你现在的老师｜他曾是我的同事。他一直想恢复你的记忆，可是我只一再说缓一缓。其实去年就已经有可行的方法帮你恢复记忆了，但是我不希望看到你因为觉得愧对他人而陷入与记忆的斗争之中。可即使那样也不能拖上一辈子，你早晚要知道自己失忆的事实。这封信或许根本就不会到你手上，但是这是我最后的机会了。这两年我们很少交流，到后来我才知道我是害怕面对因为自己而变了样的你。我总是会想起那天的事，我恨自己没有早点回去实验室。我们真的有很久没有说话了，说实话我现在很紧张，就好像刚当上父亲一样。我可以接受你恨我，但是我很害怕再也见不到你。

"但是儿子，你要记住，畏惧并不是一个人懦弱的表现，它是一个人强大的开始。不懂得畏惧的人不知道什么是困难，自然也就无法战胜困难。如果有一天你觉得自己快要撑不下去了，你就该明白，决定命运的时刻到了。

"我必须走了，这或许就是决定我命运的时候。安生，我爱你。记得替我转告你母亲，我也爱她。

窗外的月光静静地淌进机舱里，光影交错间，晶莹的泪水滑过安生的脸，折射着不可触摸的光。

安生抓挠了两下头发，苦笑了一下。事到如今自己不能再一味逃避了，不是指登上月球，而是指面对自己。安生已经逃避太久了，是时候和过去和好了。这个世界上还有很重要的人等着自己去拯救。父亲当时是为了什么才下定决心连接开矿仪，安生大概也明白了。

海天辽阔中，不知有多少未知的故事正在上演。他整理了一下坐姿，伸出手拉动了一下操纵盘旁的拉杆，屏幕上显示出"已发送求救"的字样。协会的人很快就会找到这里。

黎明时分，沙华坐在直升机上，远远就看见一架飞机漂浮在水面上，坐在机翼上的安生凝视着远方。

几小时后，赤道附近的太平洋面上。一座庞大如巴别塔的建筑立于巨大的移动浮板上，青色的碳纳米管构成的缆绳向上延伸到深蓝色的天空尽头。

"我们的计划是现在立即出发。地月距离此刻正处于平均位置向远心端移动的时期，距离大概是三十八点五万公里。出发时间越迟对我们越不利，地月距离只会慢慢增大。如果从太空电梯所在的轨道出发，我们将耗费大量的时间在坐电梯上。相比之下，飞船只需一个小时就可以到达同步轨道空间站。"一个戴着墨镜的男人从刚刚降落的直升机下跳出，拍了拍衣服上被风压扬起的尘土，脸上那条刀疤格外引人注目。

"你的意思是要放弃太空电梯？可是附近可用的海上发射平台已经在海啸中被破坏了，这里是最后一个移动平台……"一个秘书一样的人跟在马达后面，两眼紧盯手中平板的数据说道。

"回去也比从这里出发快，我们的时间已经所剩无几了。你看看墨丘利给的倒计时还有多久。这个倒计时还有三个小时上下的偏差，按照最少的来算，我们就只剩下三天了。"马达走到那栋金字塔一样的建筑前，摘下墨镜折好塞进上衣口袋，把眼睛贴近门上的摄像头，巨大的金属闸门缓缓打开，"那个浑小子耍少爷脾气已经够让人抓狂了，居然还有那么多人陪他一起闹，都是疯子……"

房间里长长的会议桌围满了人，还有很多没有位置的人靠墙立在一旁。他们都等待着最后的决定，空气中充斥着干燥的金属味，一声轻咳就能让所有人投去异样的目光。

室内到处都是老鹰与虎的图标，看起来这个才是协会真正的标志。"安远常常提起你，说你如何优秀，在之前我们也算半个亲密合作的同事。我的计划你应该都看过了，有什么高见可以发表。"马达操着一口略不清晰的普通话说道。

安生转过身去看了他一眼，没有露出任何表情。一旁的望舒似乎想要说些什么，见安生不言语，也把话咽了下去。安生把目光集中在会议桌中央投影出来的画面上，有两条围绕着地球的离心率不同的椭圆轨道。飞船在其中一条的远地点处脱离轨道，直接撞上了月球。

"你的计划我看了，确实有很多可以改进的地方。"安生平淡地说，"你这样的登月方式最快也需要三天的时间，怎么可能在爆炸前给蓄电池充电。"

"你还有脸……算了，抛开时间问题不说，抢修队已经在前往的路上了。兴许可以在你到达之前修好月表的一部分电缆，在那之后你只需要解决剩下的那部分就好了。"

"怎么解决？"

"抢修队带上一百五十个临时特制的蓄电池，你的任务则是想办法用开矿仪把所有蓄电池一个不漏接上反物质储藏装置。理论上来说，那样就足够给我们争取到时间回收反物质了。"

"理论上？"

"……关于这个问题，我们稍后再讨论。有关速度的问题，这个数据已经是协会内部给出的最好结果了。"马达咬了一下牙，松口说道。

"不，还有更好的方法。采用击中月球轨道，从地球一次性直达月球表面。只要调整好参数，我们可以省下更多时间到达月表，比你的抢修队更早。"安生用手在空中比画着，屏幕上随之出现一条双曲线的轨迹。曲线一端从地球上射出，倾斜着击中刚好运行到那个位置的月球。

"这个方法我们已经讨论过了，但是自人类进入航天时代以来，还没有哪一次登月行动采取过这种方案。在地球和月球之间运行时，飞船会在地球引力和月球引力共同作用下运动，同时还要受到来自太阳引力的干扰，其轨迹的复杂程度可想而知。况且你还要让飞船硬着陆在指定位置。退一万步讲，就算协会的数学家与计算机可以推导出正确的飞行轨迹模型，但是，"马达笑了一下，肌肉牵动着他右脸的疤痕拉起一个弧度，讲这些严肃话题时表情却滑稽得像是游乐园里的小丑，"能完成这一系列动作，飞行器要达到的初速度，别说以前，就连拥有核聚变发动机的现在也远远达不到。这条轨道对速度方向和大小有着严格的控制，距离和角度误差只能在几十米和零点几度之间。飞行期间必然要多次修正轨道，核聚变发动机的精度恐怕做不到这一点吧。"

"确实，就核聚变发动机来说，确实存在修正精度的问题。但是抛开这两个问题不谈，只要能加载到足够的初速度，这个计划就有可行之处。如果采用你们那个保守的计划，恐怕我在着陆前全人类就已经化为无数的微小粒子了，代理会长先生。"安生调出一张照片，一个托卡马克装置设计图的立体投影出现在会议桌上空，在场的行家看清构造后无不发出了低呼，"我先前以为只在飞船的速度上下功夫毫无意义，不过现在看来，唯有用我改良后的托卡马克才能最快到达。"

"可是那个像漏斗一样的装置是干什么用的呢？"一个站在角落里的研究员从阴影走出，不屑一顾地说，"我可不记得核聚变飞船要带上这么累赘的东西，那样只会拉低飞船的速度。"

"我知道你想要做什么了！"马达唐突地鼓起掌来，脸上再一次露出笑容，"真不愧是安远的儿子，居然能够想出这么疯狂的计划，是我太小瞧你了。事到如今，我们或许真的别无选择了，你计算出的登月时间是多少？"

"二十三个小时左右。"

"我明白了。各位，快点行动起来，计划书很快就会发到你们手上，现在我们采用安生的计划。为了月球，也为了人类！"马达像是对全世界宣布一样大声宣讲道。

"如果有什么意见，单独来找我。"马达看着安生，对着在场愣住的研究员补充似的说道。

所有人听罢纷纷散去，没有一个人留下来公开反驳。他们当中或许已经有一些人想起了这个装置，但也是在原计划无望的情况下才能被迫接受。身为科学家的严谨告诉他们，安生口中那个装置绝不是什么好东西，可是没有人再说话，所有人收拾好各自的东西离开了会场。

安生看着散场的人们，忽然想起来小时候父亲说的勇者故事，故事的结局是这样的——那个独自经历磨难的勇者，最后淡出人们的视野，成了一个传说。

第十三章

出发

距离地面表面约三点六万千米，地球同步轨道。距离月球表面还有三十四点九万千米，预计月球爆炸还有不到五十八个小时。

安生第一次登上太空，可是并没有那么多兴奋感。他除了感觉浑身的血管第一次充满了真实的液体外，脚下的"重力"也变轻了不少，走路时总觉得下一秒就会踩空。"重力"之所以没有完全消失，是因为安生所在的空间站通过旋转产生了一定的向心力提供了支持力，感觉起来就像在地面一样。这是为让普通人适应太空的失重环境而设计的。变换着角度的星空如同看不到边际的黑色海洋，窗外空间站的外则悬臂结构时而从上到下出现，时而从下到上冒出来，给人一种迷幻的感觉。

他放松了一下筋骨，打了个哈欠，把脸贴在窗上朝外搜寻了一下，终是无果。现在这里是看不到月亮的，这时的月球还不应该出现在可视范围之内。安生正是要在这样的时间里出发。

他又忍不住俯身一阵干呕，坐飞船上来时那种身体被撕扯成两半的感觉还残留在体内。缺乏锻炼的他只能站在与联盟号飞船连接的地方大口喘气，试图缓解一下对太空低重力的不适。

准备工作还需要一点时间。工程部刚刚才在全舰广播中说很快就能完成改装。安生正在惊叹协会办事的速度之快，一个约有几十层楼高的巨大黑影像是睡倒的巨人从舷窗前缓缓经过。距离近到安生甚至看得清上面那些微小的铆钉。他知道这就是自己将要登上的飞船，安生所去的驾驶舱在这栋"大楼"的最上层。

"请安生迅速到舰桥上集合，请安生迅速到舰桥上集合，浪子计划将在半小时内开始。"广播中一个机械女声说。

安生戴好头盔，沿着脚下为自己指明方向的闪动光标前进。身上有些沉重的太空装备让他有些不习惯。这身衣服除了能在真空环境下活动外，应该也有控制高加速度下的飞行过载的功能，功能和充液式抗荷飞行服类似，可以保持血液停留在脑部使飞行员保持清醒。

安生到达时，已经有一队和他同样身穿太空服的人等在那儿了。他们看起来最多也就三十出头的岁数，身上散发出的气息却让安生感觉难以接近。

"别害怕，他们都是长期在太空环境下工作的宇航员。此次任务他们将会和你一同前往，为你解决路上的危险。"马达从一个侧门走出来，他在太空中似乎比在地球上还自如。

加上安生，一共八个人，这就是浪子计划的全部队员。

"有什么想和你的队员们说的吗？"马达推了一把安生。后者一直在设法和这排严正以待的宇航员保持距离。

安生无奈地正视自己未来的队友，清了清嗓子："初次见面，我叫安生。我没什么想说的，但这次任务关系到全体人类的存亡，希望各位全力以赴。还有，做好牺牲的准备。"

"是！"

"很好，那我们登船吧。"马达十分满意这批自己挑选出来的队员。

"等等，我要和我的朋友通个电话。"

"这……好吧。"马达心里一万个不情愿，但是又生怕安生这家伙再惹出更大的麻烦来，"五分钟，通话区在那边。"

安生小跑过去，为了节省时间，飞船的系统已经帮自己连通了地面上的通话。

"你还好吗？"望舒急切地问道，沙华在一旁头也不抬地滑动着平板。

"除了还需要适应之外，已经没有什么大问题了。一切都很顺利。"

"飞船很快就要起飞了吧？"

"嗯，等我回来再和你们打声招呼。"

"你要回来当面和我们打招呼，是吧，沙华？"

"对，你要回来才行。你回来的那一刻起就会开始新的人生，人类都会为你而骄傲的。"沙华说。

"那就让他们为我骄傲吧。我……你知道的，这次和以前不一样，我不敢做出保证。不过我会尽力的。"安生数着时间，还有几十秒时间就要到了，"望舒，你还记得初中时的那个问题吗？就是如果有了翅膀要去哪儿的那个。我直到现在还没想出答案，但那肯定不是去月球。时间不多了，我一定会完成任务回来的。"

"不着急啊，关于那个问题……其实有机会的话……不，你还是快走吧，等你回来再说。我相信你。"望舒的话让安生有些摸不着脑袋，他觉得这是自己累了的缘故。

"你知道吗，十八年前，没有人知道会有我这么一个人。那么十八年后呢？"

"可能……"

"十八年后，我希望有人可以记住我的名字。如果这世界上有记住我的一两个人，我是说时不时会想起的那种。只要一想到这件事，我就觉得很开心。"

"嗯。一定会有的，我和沙华一定是那其中的一分子。你要走了吧，注意安全，再见。"望舒心里有些吃惊，用轻柔的声音说。

"再见。"

画面消失了，安生低着头回到队伍中。马达终于舒展开紧锁的眉头，把他们领到一个失重的通道上。一段滑行后，他们进入了一个飞船的驾驶舱。安生被安排在离落地舷窗最近的座位，每个座位上除了安全带外还有一根细长的黑色橡胶管，需要连接到宇航员的衣服上。安生猜那大概是缓解加速度过载的装备。

"一切都已经准备好了。我也没想到居然只花了半天的时间就组装好了'光芒'号飞船。"马达显得十分开心。"光芒"号是这艘飞船的名字，和浪子计划一样，都是安生取的名字。

"如果不出意外，你们大概连一天都不用就可以到达月球了。你们宇航服里都配有月球地图，到达后务必先集合再出发。"

马达干瘪的声音又传出来，只不过这次是从"光芒"号的广播之中，"还有最后五分钟，检查好自己的抗压设备。特别是安生，这么大的加速度你可能一下子承受不了。"

安生嘴角弯起一个苦涩的弧度。毕竟这艘"光芒"号从某种程度上来说也不能叫飞船，整个船体上部确实只是一个普通的用核聚变推进的飞船，典型的胡萝卜形状。但是这个"胡萝卜"下端插进了一个巨大的"子弹头"中，说是巨型"漏斗"也差不多。这个几十层楼高的"子弹头"外观呈平底圆锥状，上阔下狭，底部有一圆柱形颈部，下方有一较颈部阔的开口，看起来就像倒置的锥形瓶。这个实心的"锥形瓶"是临时用轨道上的卫星和空间站，加上从地面运来的金属熔铸而成的。说到底就只是个大了一点的铁秤砣而已，只不过除了铁那其中还混杂着铝锌之类的金属。

这样的结构能让飞船承受住核弹爆炸的冲击力。他们现在要做的事就是在飞船底部以一定的时间间隔引爆小型核弹，利用核弹爆炸来推动飞船前进。核裂变时放出的大量能量会像加热冰块一样融化那层厚厚的金属，超高温的等离子流向反方向飞快射去，这一反冲运动产生的恐怖推力足以让飞船以一种正常情况下做不到的速度直至月球。

这就是为什么计划公布时会场里所有科学家都无言的原因——飞船拥有了无与伦比的速度，与此同时是不可估计的危险。理论上，这项技术最快可以将飞船加速到光速的百分之十，可是这次旅程中在那个速度前飞船就应停止加速，"光芒"号所携带的核弹在接近拉格朗日 L3 点时就会耗尽，此时再启用核聚变发动机推进，并修正轨道。接下来飞船靠近月球将不做任何变轨的近心运动来减速，而是在适当距离制动后直直撞上月球表面。

"我们要开始点火了。因为月球质量损失的缘故，到达目的地点的时间比我们预想的早了一些。现在发射的角度已经不能更改了，保险起见，我们将在一分钟后发射。"马达的声音有些焦虑不安。

不到半分钟后固定抓手就松开了飞船，被释放的飞船渐渐脱离空间站的建筑群，不可阻挡似的滑向漆黑无际的太空。两侧的巨型喷嘴一点点调整着飞船的指向，几分钟后飞船终于确定好了位置。安生正面向一片虚无的太空，视野里没有月亮，耳边只听得见自己的呼吸声。

"倒计时开始，十、九、八……"

随着倒计时的结束，安生闭上了双眼。一瞬间就像有亿万只蚂蚁在"光芒"号上爬行一样，飞船剧烈颤动起来。因为飞船巨大的过载，安生感到一股无形的力量按住自己，身体像是被钉在座椅上动弹不得，浑身上下使不出力气来。

从轨道上的塔台来看，一颗明亮的"小太阳"就那样忽然出现在飞船尾部，酷似彗星尾巴的淡蓝色高温金属流飞溅而出。霎时间飞船以一种不可想象的加速度启动了，摆动了几秒，如一支竹箭离弦而去。从地球上看，黑夜里一瞬间多出一颗明亮的星星，那耀眼的光芒给人一种点亮一切的感觉。或许这就是"光芒"号被命名的原因。

安生不知道其他人的情况，他只感觉脑颅胀痛，好像全身的血管都快要爆裂开来，为了克制自己不叫出声只能紧咬着牙关。他好容易才动了一下头，才看见旁边的队友也紧缩着眉头，但是明显要从容许多。光影闪烁间，安生感觉自己的心跳正在不断加快，仿佛有人站在胸腔里拿锤子胡乱敲击，那颗心脏似乎一不小心就会在下一秒跳出来。他每次呼吸都好像要用尽全部力气，尽管有太空服帮助他们缓解，但每个人还是很痛苦。安生像是要把牙齿咬碎一样死咬住牙关来保持着意识，不知道从什么时候开始，广播中马达的叫喊声就已经被耳鸣声盖过去了。一个红色的感叹号显示在落地舷窗的显示屏上，有一个人已经昏迷了。

但安生此刻根本无暇顾及他人。他们愿意上这艘船就代表做好牺牲准备了，更何况被"固定"在椅子上的安生也无法离开座位，可谓是心有余而力不足。时间过去了十分钟左右，加上原本同步轨道就具有的线速度，"光芒"号速度已经到达了每秒5.58千米了。随着第一次核弹爆炸产生的能量逐渐耗尽，那种度日如年的感觉慢慢减轻，安生听清楚了广播中一直重复的那句话——"除安生昏迷采取急救外，其他情况，任何人不得擅自采取任何措施。"

紧接着第二颗核弹被引爆了，"光芒"号再次以全速向前飞进。

安生想伸出手去抓住队友，可是因为超重的缘故，他的手连座椅的表面都没有离开。心中巨大的压迫感战胜了他，此刻他唯一做得到的事就是闭上眼。很快，身后传来一阵肉体被挤压变形的闷响，与此同时还有钢板形变的扭曲声，不绝于耳的惨叫回荡在舱室的每一个角落。谁也不愿意看身后的惨象。又是一声沉重的闷响，所有的一切都安静下来。甜腻的血腥味飘散开来，可是安生连呕吐也做不到。

他能做到的就只是忍耐和活下去。

"纵使黑夜吞噬了一切，太阳还可以重新回来。"

安生听得真切，耳鸣中飞船广播中响起一个柔和的女声，是她在念诗。安生想，在这样的情况下念诗，她的心情一定很好。她的声音很熟悉，没有年轻女孩那种朝气，却有着三十多岁的女人特有的成熟感，好听得恰到好处。一种舒缓如河流的感觉流经全身，安生不再奇怪女声的来源，也不再奇怪马达为什么会在这样关键时候消失，超重带来的压迫感像开闸放水一样快速消散。广播里下一句诗还没有听清，他已慢慢合拢了眼睛。

是啊，太阳还可以重新回来。母亲说过，星星和月亮是永远不会缺席的。

不知过了多久，眼前一道手电筒似的光亮刺痛了安生发胀的眼球，他猛地睁开眼，沉沉的大脑才意识到自己刚才失去意识了。可是眼前的一切总有些不太真实。

那人见安生醒了，往后挪了两步。安生看清他的脸，是队员之一的胡茬大叔，他紧攥着应急手电筒一言不发。

安生转动了一圈眼球，看起来飞船系统还在正常工作。他想起了什么后下意识回头，原本坐着两个人的椅子上已经空无一人，银灰色的墙壁上残留着一部分干涸的暗红色，地上掉落着两个严重变形的铁罐子，想必先前的闷响之源就是这个。这意味人体被高速运动的铁罐砸中……

"看够了吗？现在我们距离月球只有五万公里了，预计着陆时间一个小时。'光芒'号的加速阶段已经完成，浪子计划进入后半阶段——现在'光芒'号的运动以月球引力为主导，接下来的修正和制动只能由我们手动操作。如果由协会的系统接管，与地球相差三秒的延迟将会在不经意要了我们的命。"那个胡茬大叔说，"我叫刘常，那边那个五短身材的是叶璇，另一个高一些的是王震，剩下的那位黑人的是杰诺斯。你先让开到旁边座位去，现在由我来负责最后的校准工作。"

安生心里一瞬间填满的疑问还来不及问，刘常就示意他从主控制席上下来。一旁的队员躺在椅子上——刚刚听她介绍自己叫阳子——就好像是睡着了。

"不，这和原计划不一样……"安生扶着昏沉的头说。

"难道你的昏迷也在计划之中吗？"

"在我昏迷期间究竟发生了什么？"安生忍不住问。

"发生了什么？你自己看看吧，看看这艘船上还剩下多少人。你在第二次推进后没多久就失去了意识，但此时飞船还未达到进入轨道的初速度，因此船尾还在继续引爆核弹。阳子为了让你能够正常呼吸，擅自解开安全带，在第三次引爆间隙为你戴上了呼吸面罩。"他舔了一下干涸的嘴唇，看了一下阳子，又看了一眼剩下的另外三个人，那几人已经从舷窗那边过来了，"谁也没看清发生了什么，当时的情况简直让人睁不开眼。你知道，我们的位置相隔很远，上头把你们两个安排在了驾驶和副驾驶的位置，而那又恰好是我们扭头也会被看不到的视线死角。我们听到了她呼唤我们去帮助她，但我们当中谁也没办法移动，光是要勉强保持清醒就已经筋疲力尽了，天知道她是怎么做到的。她不知道怎么离开了座位，帮你戴好呼吸面罩，最后又坐了回去。在那样的情况下行动就算是钢铁之躯也不可能全身而返，而她就是做到了。直到我们虚脱着前来查看，你安然无恙，而阳子已经停止了呼吸。"

"听着，我不是责怪你，但是阳子她毕竟也是我们多年的队友，她就这样牺牲了，难道你不觉得这件事和你脱不了关系吗？"刘常情绪越说越激动，血丝慢慢爬上他的眼球。

安生犹豫地看了一眼阳子的侧脸，目光触及的瞬间，他就像触电一样把视线收了回来，整颗心泡在柠檬汁里一样酸楚。怎么会这样，怎么就，这么容易……

"够了！你怎么能说这种话！"一旁的王震看不下去，一把拉住刘常，"你早就应该有这个觉悟才对，某种程度上来说登上这艘亡命飞船时我们就是半个死人了，你作为队里最年长的成员，难道不应该更遵守纪律吗？不管是什么样的飞行任务，保持冷静才是第一原则。我们还有更重要的任务要去做，请你分清楚主次再行动。"

叶璇趁着刘常被拉开的空档靠过来，把手搭在安生的肩上，试图用柔和一点的语气说："抱歉，吓到你了。刘常那人，一牵扯到身边的队友就是这样，但是不要因此怀疑他的专业能力。他表面上是在埋怨你，其实是在生自己的气。说实话，我还是很相信你的能力的，先前早有耳闻你天才的名号，不然这次的计划也不可能单单围着你一个人设计。只是轨道的校对工作，事关到我们能否准确命中月球，还有降落到准确位置。现在的情况是这样——'光芒'号经过核爆炸加速后，船体的质量变为开始的四分之一左右；秒速超过第三宇宙速度——每秒16.7千米；角度偏离了大概15度，不过飞船的核聚变发动机还能正常工作。”

“嗯……”安生低头咬紧了牙关。

他才发现自己的负担如此之重。自己是要拯救一切的人，明晃晃月光显出一种悲壮。在这个冰冷的太空里，生命只是一个装满美丽液体的易碎容器，只要有一点点的外力，容器里的液体随时会覆水难收。人体这种精密的容器，很多时候一旦破损就不能再修补了。

刘常似乎被说服了，无奈地摇摇头，挣开王震回到自己的位置上。杰诺斯过来抱起阳子离开了舰桥，几分钟后只有他一个人回来。安生全程都不敢说话，一种难以言述的悲伤淹没了他。他现在终于可以向右转头了。

安生看了一眼飞行记录仪，距离出发不过二十一个小时，距离月表的距离已经不足五万公里了。等到所有人都在各自的岗位上就绪，安生启动了船体前端的核聚变发动机，一道蓝光缓缓浮现在舷窗外，高温高压的等离子流从喷口中射出，飞船进入制动阶段。飞船使用的改良版托卡马克装置优化了等离子体的约束位形，使得功率大大提高，它能在飞船一股脑撞上月表之前完成足够的制动。

调整好角度后，似乎一切都很完美了。虽然托卡马克这种大型发动机无法达到绝对的精准，但“光芒”号终于在以正确的角度驶向月球了。

坐在专属于太空的寂静中，安生的手不停地发颤。自己一定会永远记得那些不该遗忘的事，他想，他应该记住那些事。月球就在自己的眼前。

第十四章

月表

"抓紧！硬着陆警告！"

随着一阵地动山摇的冲击，庞大的船体像拖在泥滩上的船锚一样划开十几米厚的月壤，底部因为摩擦底层的月岩上下颠簸。飞船歪歪扭扭地在月表划出一道裂痕，扬起的月尘像硝烟一样绵延飘散了将近十公里远。随着速度慢慢减小，"光芒"号最后停在了一望无际的平原上。

飞船着陆的位置还看不到全面崩坏留下的大坑。那个从月球空洞内反物质湮灭后留下的大坑，它的出现摧毁了周边的数个月球基地，包括最大的笛卡尔基地。

随着来自"光芒"号舰桥的信息汇入空间站，远在地球同步轨道上的人们松了口气。不知道是谁先吼了一声，指挥室随即陷入了狂呼的海洋。

历时二十二小时二十五分三八秒，"光芒"号距离月表零米。距离地球约三十八点五万公里，浪子计划第一阶段完成。

此时此刻，"光芒"号飞船内部。

安生咳嗽着划开用于保护的安全气囊，光是这个举动就让他筋疲力尽。先前的几十分钟里，他时刻关注着轨道的偏差并进行调整，谁知抵达月球时迎接他的是那种坐在打桩机上的感觉。

　　尽管此刻还是"意犹未尽"，但是他连一秒都不敢耽搁。虽然比计划提前了两个小时到达月球，可是留给自己的时间也只剩三十六个小时了。他也不确定自己这副身体还可以在低重力的环境下支撑多久。出发前吃的那点简餐还没来得及消化就已经吐得一干二净了，一路上走来他连水都忘了喝。

　　众人确认了一下"光芒"号的整体状况：飞船前侧破了一个小洞，有一部分舱室失去控制，但都不是什么关键的部位，二层防护门已经将缺口封死了。万幸的是携带的高能锂电池除三节丢失外其余都完好无损。维生系统保持着正常工作，通风口还在放出新鲜的氧气。可是安生的任务不是坐在这里等死的。因为经过三次尝试，刘常发现所有的发动机模块都已瘫痪。除非有人来接应自己，否则此刻就算想要回家也是不可能的——抢修队甚至还在绕月飞行的软着陆轨道上。可眼前应该做的是寻找开矿仪，在此之前谈返程都是空话。

　　"听着，浪子计划有变。现在我们比抢修队先到达了月球，可这不意味着任务会变得更轻松。笛卡尔总基地的情况大家都知道，那里的开矿仪完好的可能性几乎为零。我们首要目标是找到墨丘利口中的开矿仪备用机，马达也表示有这么一台备用的开矿仪在月球基地上。这台备用机在协会的机密度很高，知道的人少之又少，地图上显示的是依巴谷陨石坑附近的一个小陨石坑，那里有一个小型仓库。月球卫星可以为我们提供一段时间的全球定位系统（GPS）定位，我们抓紧时间出发。"

　　安生简单地说明了情况，从舰桥墙壁的夹层中掏出一袋航空食物，就着金属和机油味的空气狼吞虎咽地嚼起来。

另外四人也一起吃起来。其实这种东西并不好吃，入口时就像是扎嘴的面包糠，简直比砖头还难以下咽。但这对他们来说已经无关紧要了。他们花了五分钟吃完"月球快餐"，喝了几口水。

刘常不愧是常年在太空岗位上工作的人，他熟练地带着小队来到"光芒"号底层，四辆月球车正拥挤地停在仓库里，一眼就看得出来协会匆忙准备的痕迹。按照计划是两人一辆车，不过就现在情况看来，有三辆车似乎会变得更加"宽松"一些了。刘常被要求护送安生前往位于侬巴谷的基地。另外四人则设法恢复月球电路，重启月球基地的系统。

只是所有人都必须远离爆炸中心。反物质湮灭释放出的大量高能伽马射线几乎激发了半个月球的原子，不过多亏月球吸收了大部分爆炸放出的伽马射线，人类才得以存活下来。如果这些辐射全部射向地球，地表的生物在受到如此大剂量的辐射后连 DNA 的结构都会发生变化。到时除了少部分深处矿井之中的人外，全球大部分幸存者都会因辐射带来的各类并发症而死。

被伽马射线命中的原子会像关灯后残留荧光一样慢慢放出足以索命的剩余辐射。这也是安生他们穿上厚重宇航服的原因——没有人希望看到宇航员还没有在月球上走两步就因为器官衰竭而倒下。这套宇航服看起来像是游乐园中的玩偶套装，穿戴者一时间很难灵活地活动，特别是在重力仅为地球六分之一的月球。他们摇摇晃晃地爬进车里，发现车厢为了适应这套宇航服刻意加大了一些，他们不至于纹丝不动地卡在其中。

"月球卫星正飞过你们的上空，你们的准确位置更新了。

接下来的半小时，你们都会处在卫星的覆盖范围中。注意，卫星将在一百二十七分钟后抵达依巴谷基地附近。祝你们好运，有问题随时汇报。"耳麦里马达传来断断续续的话语声。

安生更新了地图。自己正在气海东南边缘的未标记地点，距离目的地还有三百二十六公里。算上环形山的起伏问题，这段旅程要花费不少时间。眼下最快的方法就是找到一条可以使用的电梯通道，但他不确定这里还有没有完整的设施存在。

四辆月球车从"光芒"号底部的出口一跃而出，全功率开往四个不同的方向。安生坐在副驾驶上随着地形起伏颠簸，各种仪表红红绿绿的灯光下，刘常盯着驾驶盘一言不发。月球车正完全依照导航既定的路线自动驾驶，前半段路不需要刘常手动驾驶，他满脸的络腮胡没有波澜不惊是因为别的原因。

卫星五天前拍摄的图片中，开矿仪备用机所在的仓库上蒙了一层月尘。基地一时间和周围环境融为一体难以辨认，还是仓库旁倒塌的塔台才让安生看清这就是自己要找的地方。这已经是五天前了，而他目前连依巴谷基地的完整性都没有办法确定，更别说其中的开矿仪了。这样的情况下任谁都会怀疑浪子计划的可行性。

况且除此之外还有很多事没有办法确定。虽然说已经登上了月球，但能否操作开矿仪和操作的好坏也未知。安生想到浪子计划是人类最后的希望时，冒出的第一个念头是全力以赴，可随后怀疑就像阴云一样聚集起来难以散开。要知道整个计划只要出现一点小差错就会前功尽弃，灾难会像多米诺骨牌一样接踵而至，到那时，人类唯有坐以待毙。

　　安生竭力克制自己不去想那些悲伤消极的事。开矿仪手册上写了，悲观情绪除了会不利于大脑进行连接外，还会干扰系统运行。他迫使自己看向窗外，窗外依旧是了无生机的荒原，没有参考物的视野里只有遥不可及的环形山峰在告诉自己在如何移动，高度的抬升则是通过坡度的变化来察觉。安远从很远就可以看到白原上零零散散长着一些肥大的"黑蘑菇"，那都是大爆炸时从上百公里外飞来的铁皮。

　　这些都是自己父亲当时看过的景色，不知道他当时看到这些会想些什么。那颗蔚蓝色的星球像水珠般静静悬挂在天幕之中，那上面有安生想保护的人，还有许许多多想要认真活下去的人。

　　这一瞬间，安生体会到了学校的教科书中永远无法描绘的宇宙。一种仅属于地球之外的静谧唤醒了他心底作为人最原始的感情，他好像体会到几百年前第一个进入太空的人类所感受到的感觉，一种真真切切的孤独。在这个距离世界上大部分人三十八点五万公里的地方，不论是谁都要真正直面自己的内心，不论是谁都应该想起那个真实的自己。

　　在这里，你只要看地球一眼就有种使命感油然而生。父亲最后操纵开矿仪时大概就是这种心情。人有些时候本来就应该是这样。纵使那份希望微小到渺茫，也应当抓住这道光。就算真的处于看不到任何希望的黑暗，也要假装胜券在握坚强地走下去。父亲当时怎么会不知道连接开矿仪会失败呢？他一定是知道这件事凶多吉少的。但他还是去做了，是他内心的信念克服了所有怀疑与恐惧。

支撑着他的不是破釜沉舟的想法，而是一种冷静下来才能拥有的勇气。安生这么想着，窗外的景色也变得意味深长起来。

不知道车开了多久，刘常突然用手肘碰了一下安生，另一只手指向前方。眼前没有地月表的白色，只有黑漆漆的太空。原来在安生刚刚走神的时候月球车已经爬上了一个相当有坡度的环形山丘了，而他竟然毫无察觉。

"别担心，就像是坐过山车一样。嗯，过山车你坐过吧？就是那种到最高点会向下飞去的那种游乐设施，在下落过程中伴随着强烈的失重感，借此给地面上的人体验失重的刺激感。不知道现在还有没有人玩，我对这个不感兴趣。"刘常搜肠刮肚一番才想出合适的词语形容这件只在书中看到的东西。

"那这个过山车会有多刺激？"

"落差一千多米吧，地图上显示这是一个大缓坡。你小心点，懂我意思吧？"

"不懂。"安生真的没明白，除了系好安全带外还有什么要注意的。安生小时候妈妈带他出去玩过一次过山车，关于那个游乐园的记忆只剩下棉花糖了。

"我的意思是，你抓好扶手，顺便注意别把晚饭……"

还没等他把话说完，月球车就从斜坡顶端飞了出去。因为的月球低重力的缘故，车身在空中划过一道地球上不可能见到超长弧线。两人不由得发出一声惊呼，刘常随即展开了包裹在月球车外侧的气囊。

这台像球一样的车体猛地撞击到环形山内部的坡壁上，球体被压扁到一定程度后下一秒又弹飞起来，向下划着一个弧线飞去。如此往复多次后，月球车反弹的高度越来越低，尽管这样，车体也只是在到达坡底前不远才完全落在坡上进行滚动。车身内部是一个与外壳独立的球形结构，能够活动的装置可以随时把驾驶位调整到水平位置。这样就能在利用弹跳削减高处落下的势能的同时不至于让驾驶员晕头转向。也难怪安生开始没有感觉到坡度的变化，毕竟身处这个装置中的他耳蜗中的半规管一直以为自己还处于"水平"状态。

一直等到车身完全到达环形山底部，刘常才解除气囊的包围，高速转动的车轮一触地就飞驰起来。导航中显示还剩最后七十公里，如果信息准确，接下来只要再翻过一座环形山就能到达依巴谷基地了。他们开到这里一共用了两个小时，算上着陆时的准备，他们还剩下大约三十三个小时。

随着时间的流逝，远处高耸的环形山渐渐清晰起来。安生忽然发现前进方向右侧的山体中有一处地方比别处颜色更深，他把眼睛凑到一个潜望镜样式的望远镜前，仔细看了一会儿才发现那是一个嵌进环形山山体之中的峡谷。

他跟协会报告了这个发现，得到的回复是让他自行判断后采取行动。来自卫星的最新的扫描图上显示的那个位置确实比别处低许多，俨然一副峡谷的地形图。

"走这条路可以节约翻越环形山的时间，更新后的地图显示这个峡谷直接连接着两个环形山，也就是我们的目的地。"安生急不可耐地伸手要调整月球车的路线。

"慢着，你不觉得很奇怪吗？侵蚀作用下形成的峡谷出现在月球上就够奇怪了，更奇怪的是之前人们在建设基地时似乎并没有发现这个峡谷的存在。"刘常抓住安生的手，掌心粗糙的老茧磨得他手臂生疼。

"你先放开我，我们和平点说话。"安生抽回了被抓着的手，满是血丝的双眼瞪着刘常，"之前这个峡谷就算被发现了也对建设基地没有意义，你没发现这旁边根本就不像是被开发过的样子吗？"

"这……可是这里也没有被记录在案，你不觉得很奇怪吗？如果我们被困在峡谷里，那岂不是得不偿失。我觉得走原定的路线为好，现在时间还来得及，没必要冒这个风险。"

"够了。如果有危险我们再退回来，现在我是浪子计划的队长，出了事由我负责。"安生被逼急了，心里有个声音在催促他赶快确认依巴谷基地的破损情况。

"这不像是你的风格，你之前明明很谨慎的。听着，你一定是太累了。你冷静下来好好想想。况且，就算你是队长也没有权力独自做决定，我有权向协会报告你的行动。"刘常冷静地说。

一听到他要向协会报告，安生冷静了几分。他揉了揉太阳穴，做了几次深呼吸，这时远处的峡谷又清晰了一些。

"我认为还是应当更改路线。如果有危险就立刻返回，现在我们能争取一点时间是一点。我还需要一些时间熟悉开矿仪的操作，之前的记忆有些模糊了。"安生沉着地说。这一次刘常没再说什么，月球车改变了方向，笔直地向峡谷入口驶去。

半小时后，安生乘着月球车一路烟尘地开进了那个峡谷之中。随着车子的深入，峡谷内慢慢变窄，宽度从两三公里宽缩减到一公里左右，阳光因为直射角度的限制只能照射到峡谷崖壁的上层，整个峡谷逐渐变得一片漆黑。安生停下来打开车灯，确认没有危险后才开足马力继续前进。

黑暗中安生感觉自己像是在深海里漫游。车轮前照亮的区域不断缩小，四下的黑暗变得浓厚起来。安生不敢再四处多看，身旁的刘常则一直在小心控制月球车的速度，提防着车上仪器没检测到的陷坑。不过他们已经走完峡谷的一半了，万幸的是一切顺利。

说实在的，这个峡谷着实令人费解，就好像是上天安排给安生刘常二人的一样。地球上的峡谷地貌大都是水流侵蚀而成，然而月球上极端的温度下根本就不允许液态水存在，整体来看月球上的水资源匮乏且提取困难。这也是为什么基地没有大规模利用月球冰的原因——从零下一两百摄氏度的月壤中提取冰碴还要加热融化，肯定没有点燃混合的氢氧气生成水来得快。这样一看，月球上的水根本没有机会侵蚀月表，唯一的可能是月球曾发生过地质构造运动，使得两座环形山之间裂开一道缝隙，这样就可以解释为什么峡谷中段宽度均匀。

但是为什么入口会呈喇叭形？这件事安生或者其他人或许永远也想不出答案。大自然总不能把所有秘密都告诉人类。

地图上显示距离目的地还剩不到三十公里了。两旁的崖壁逐渐变得明亮起来，远方出口的光亮像是射入深海的阳光般耀眼，谷间的道路也开阔起来。不管怎么说，这条通道为安生节约了至少一个小时，在这样的紧要关头下无异于大自然在雪中送炭。现在这种情况下，或许一秒钟都可以改变人类的命运。

出口就在前面了，刘常终于提高了车速。远处基地的轮廓越来越明显，倒下的塔台像地标一样宣告着人类占领了这片陌生的土地。当然，应该是曾经占领。

车子平安无事地从这条从未有人走过也从未有人记录过的通道冲出，刘常不禁呼出一口长气。现在只有五公里了，安生发现他们正处于一个陨石坑之中，那个不大的基地就在陨石坑盆地的中心。这基地虽然以依巴谷命名，但这里并不是依巴谷陨石坑，而是旁边更小的一个无名陨石坑。这个陨石坑适合修建存放隐秘物资的仓库，毕竟要细看几遍卫星拍摄的图片才能发现基地的存在。随着距离的不断拉进，安生忽然觉得依巴谷基地是有意伪装后才和月表混为一体难以辨识的。从正面来看，它的确和月表的其他建筑没什么区别，但屋顶是白灰色不是乌黑色显然是有意为之。

王震和杰诺斯这几个小时陆续传来修复成功的喜报。他们分别负责降落点的西北和西南方向，主要任务是在爆炸区域外缘修复尚属完整的工作节点，并试图重启开矿仪的辅助计算机系统。但是位于笛卡尔基地的主机一点反应也没有，按王震的话来说，那台计算机早就被炸飞回地球了。可他们还是在不断尝试，就算希望渺茫也要先尝试才行。

与此同时，负责东北方向的叶璇却一直无音讯。他去的区域离爆炸中心最近，危险系数也最高，谁也不知道他会在那个四处都是超标辐射的地方发生什么事。刘常申请前去救援，协会明白他的意图后果断拒绝了他的请求。

"为什么？我已经护送安生到目的地了，剩下操作开矿仪的事我也帮不上忙。"刘常的耳麦里不再回话，一片沉默，他明白协会是打算抛弃叶璇，"叶璇不过二十多岁，你们有什么理由不去救他？"

协会没有再回答，安生见他待在原地，凑过去说："我还需要你的帮助。扫除路上的障碍这件事一个人可做不来，没有你，我有可能寸步难行。协会指派你和我一组是有原因的，你是月球大学信息学院的教授，你应该很清楚，开矿仪除操纵者外还需要一个人负责排除系统产生的错误。"

"叶璇说不定正在哪个地方盼望着我们的到来，你说呢？"两人目光对视，这时车子刚好进入了基地建筑的阴影之中。

"协会的维修队马上就要降落了，他们会派人支援他。"安生说。

"可是他们连他的具体方位都不知道……"

"你也不知道，不是吗？"安生抬高了音量，"我们现在要做的不是去救他一个人，而是去救包括他在内的所有人，去救全世界的人。"

"再说了，以现在的情况来看，你赶到那片区域要花费远超来时的时间，怎么说也是几个小时以后了。月球的路况可没有想象中那么平坦，这样耗时和收益不成正比的事想想也应该明白。你之前还说我要小心谨慎，要冷静，现在自己就冷静不下来了？快走吧，时间不多了。"安生把太空服的头盔带上，确认了全身装备的密封性后打开了车门。

此刻月球车已经停在依巴谷基地前了。这里没有看起来像正门的地方，一个管状的通道从基地的建筑群中突出来，看起来要通过这个长长的通道内才能真正进入基地内部。果然，地图上显示这里就是入口。

刘常叹了口气，也下了车，脚掌着地的麻痹感和久坐后站立时血液涌向头部的感觉让他几乎一瞬间跪下去。安生已经站在入口处等自己了，他像是观摩神像一样庄严地看着入口的铁闸门。其实他还不是很适应月球的低重力环境，可心中坚定的信念把一切不适都压制了。

终于到了，终于要开始了。

"我开门了，准备好了吗？"

"随时可以。"

"进去吧，为了人类。"

"为了回家。"

刘常手握一把镰刀状弯剑开路，锋利的刀锋轻松地斩断了乱麻一样从天花板上垂下的电缆。不知是哪里的水管爆了，电缆上盘结的冰霜随着电缆的断裂纷纷掉了下来。

"你看，要不是你来了，我连怎么过去都不知道。"

"你当心点，现在这个区域还是处于未封闭状态，这里面还是真空的，看来那个塔台倒塌时穿过某个舱室砸了进来。不过还好电力正常，这下总不用摸黑找路了。"

眼下这条走廊是前往存放开矿仪的仓库的必经之路，下垂的电缆线像藤蔓一样耷拉在通道里。一路上天花板不停晃动，给人一种随时会塌下来的感觉。

在一个路口拐过弯后缆线明显减少了很多，这意味着这边的损失没有那么严重。这是一个好消息，因为仓库也在这个方向。

　　"可是很奇怪，这个基地就算是最次的小仓库也该有个人看着吧。但是这里连一个人影都没有看到过，我是说，连尸体和血迹也没有。"安生说。

　　"或许当时全都撤到总基地去集合了。你父亲当时被协会关在这里，不知道他是怎么离开这里到笛卡尔基地的。要知道这里当时还处于断电状态。"刘常回答道。"你的解释也有点道理……等等，长期无人的情况下，那么多核聚变反应堆难道不会失控吗？"

　　"设计师当然考虑了这种情况。核反应堆设立了无人看管下自行工作三个月的标准。你不是设计这些的吗？"

　　"我那只是理论上的数值计算，还没有想过设计方面的问题。'光芒'号的引擎都是协会的技术部搞定的。"

　　安生忽然停住了，眼前是一个T字形的路口，左拐后直走就能到达存放开矿仪备用机的仓库。有一台电梯在T中间的节点位置，让他奇怪的是敞开着的电梯门中梯厢不见了，只留下深到一片黑暗的电梯井。电梯旁的备用氧气瓶也被人取走了。

　　他们对视一眼，耸了耸肩。看来这边的水管也爆了，墙壁上结着一层薄薄的冰霜。安生情不自禁地想起小时候父亲带自己去的那家溜冰场，冰面闪亮的样子晶莹而美丽。安生忽然有一种直觉，父亲当时走过这条路，只不过他们走的方向相反而已。

　　他加快了脚步，来到了一道铁闸门面前。三叉把手有被转动过的痕迹，闸门打开的缝仅够一人出入。但那缝隙对身穿特制宇航服的安生来说还是太窄了。刘常站到安生前做了个手势示意他后退，使出全身力气往内推闸门。或许是因为粒米未进的缘故，他一身健壮的肌肉也没能推动那道铁闸门几分。

安生瞥了一眼手腕，倒计时刚好是二十九小时五十九分五十九秒。他在地上找了一根可以当作撬棍的铁管，从缝隙探进去找了一个支点固定好，依靠自己的体重往上压。铁闸门终于缓缓移动起来。

待到门开启到一定程度，安生跟在刘常后挤进门。门对面的仓库里没有电，只有一盏盏应急照明灯闪着微弱的光。昏暗中勉强可以看清整个仓库呈长条形，是一个和巨城下的实验室截然不同的地方，原本很大的空间因为摆放不合理而显得拥挤。放眼望去，除了有几台常用的机器和工作台没有蒙上遮尘布以外，其余的都是遮尘布的灰黄色，就好像是染坊在晴天晒布的场景一样。

安生和刘常穿梭在蒙着布的仪器之间，但因为肥大的太空服，他们每次只能迈出一小步，酷似竞走的二人显得十分滑稽。终于，在靠近仓库尽头的地方出现了一个显眼的高台，和在地球上见到的那个一模一样。

安生气喘吁吁地跑上高台，激动地掀开灰绿色的油布，熟悉的球形装置出现在眼前。刘常听到安生的呼唤也跑了过来，眼神复杂地看着这台牺牲巨大才换来的装置。"我们找到开矿仪了。"安生向协会汇报。

"做得很好！现在，按我说的步骤恢复仓库的电力，这间仓库是和外面的基地分开的。"马达带着无比的兴奋说道。

安生按照他的指示操作，随着最后一个电闸的拉下，空间里一瞬间明亮起来。那扇先前费了好大劲才打开的铁闸门猛地合上了，有几个通风口随之嘶嘶地向外喷气。太空服上的气压表显示外界的氧气浓度逐渐升高，不一会儿就达到了可以呼吸的水准。刘常还在按照说明调试开矿仪，余光中瞥见安生脱掉了太空服，也忙停下手中的活，脱下了这身碍事的行头，一时间感觉全身轻松极了。

"下一步是恢复计算机系统。这个基地底下安放了巨城实验室十倍的立体机柜，虽不及笛卡尔主基地，但还是可以运行起开矿仪的。"

随着一阵高压电流的嗡鸣声，仓库里的各类数值恢复正常。一只机械臂从侧面的墙壁中伸出，在安生头顶组装起一束束的集成电缆。这场景如此熟悉，只不过是从地球上换到了月球上罢了。

"哦，对了。安生，你先保持冷静，有件事和你说。是这样的，维修队在宁静海外围的一座月丘下发现了一辆月球车，像废铁一样侧翻着的车体在平原上拖出一条长长的痕迹。不难看出，事故车在翻越月丘时没有打开安全气囊，直接从几百米高的地方以抛物线倾斜着砸向月表，向前滚动一段时间后才停下。现场的分析人员说这可能是因为驾驶员没来得及打开气囊，或者气囊打开时出现了一些问题才导致这样。抢修队因为时间关系，没有去确认车主的身份，整辆车都变形了。但是以叶璇失联前的信号位置来看，这是他的车无疑了。"虽然这个频道只有安生听得到，马达还是把声音压得很低，"先不要和他们说，特别是刘常，听到了吗？等一切结束了再说这个消息也不迟。"

"明白。"安生不知道自己还能再说什么。

　　马达挂断电话后，仓库里的寂静让安生打了个哆嗦。他找了一件不知道是谁的外套穿上，感觉似乎暖和了一些。他回到刘常身边，和他对视一眼后在开矿仪的靠椅上躺下。广播里忽然响起一个男声。

　　"检测到开矿仪备用机启用，正在启动程序。初始化数据中，功能组件加载完成……您好，欢迎使用第三代泛用性月球助理人工智能系统。"

　　"这……怎么会有人的声音？"安生被突如其来的声音吓了一跳，他还没有反应过来这是机器的声音。

　　"不要慌，人工智能而已。"刘常说。

　　"本机检测到二十一天前系统曾异常关闭，是否读取备份数据。"

　　"读取。"安生心想或许能从备份中得到些什么。

　　"正在读取备份数据，读取进度百分之二。"男声继续用温和的声音说，"本机为使用者提供任何有关开矿仪的服务。请输入密码。"

　　安生报上了一串数字，这是马达在临走前交代的备用密码。安生觉得或许这个系统里藏着什么与安远有关的事情，但是自己现在已经无从得知了。

　　语音沉默了一会儿，回应道：

　　"验证通过。这里是月球，欢迎回家。"

　　"回家吗……"安生望着那台巨大的机器发呆，这个空旷的空间里没有一样自己熟悉的事物。这里没有家里中式的红木家具，没有自己的白瓷茶杯，没有一张有关自己的照片。这里只有冰冷的机器和一个才萍水相逢不久就要同舟共济的男人。

刘常在一台辅助计算机系统的电脑前坐下，腰部的隐痛让他倒吸了一口凉气。但是在和安生的视线相遇后，他立马换上了笑脸，对他竖起大拇指。

那人工智能每隔一段时间就播报一次进展，开矿仪的调试慢慢接近尾声。安生看着腕上表中的倒计时出神，他希望每一秒都像是一年一样漫长。留给人类只剩二十八个小时三十五分钟零九秒。

"不吃点东西？"刘常撕开一个包装袋，有气无力地说，"这里有两个面包。"

"不了，现在已经感觉不到饿了。"安生答道。

"这……还是吃点吧，你就不怕任务到一半晕过去？"

安生没有再说什么，接过一个面包如狼似虎地啃起来。吃罢他感觉自己像个干渴的海绵一样焦渴难耐，视野中只有工作台旁边有一台饮水机。随着一杯冰水下肚，安生口中的干燥缓解了不少，这时他的余光瞟见一张引人注目的照片。安生靠着工作台，从桌上的一堆文件中把它抽出来。照片中有两对夫妻抱着各自的小孩，嘴角带着淡淡的微笑，背景是直指蓝天的发射台。

安生很容易就认出来，左边那对夫妻就是自己的父母，怀中的小孩自然就是自己了。另一对夫妻应该是父亲的朋友和他的妻子，男人眉清目秀的脸庞给人一种不善言语的感觉，书生气下透着一种坚毅之气。女人虽然看起来比较文弱，但是笑起来很好看，给人一种暖心的感觉。两人靠得很近，看起来就像是热恋中情侣一样。这对夫妻给安生一种沙华的既视感，他的父母和安远是同事，大概这两位就是了。照片右下角用大头笔写上了拍摄日期，这个日期是十五年前，恰好是安生父亲入职月球矿物协会那年，这么看来它大概是一张入职的纪念照。

照片上没有什么特别的信息。安生反复看了几遍，把它放进了自己的上衣口袋里，回到开矿仪等待一切准备就绪。不知过了多久，广播中的声音终于再一次响起。

"开矿仪系统启动完毕，共用时三十二分五十三秒。现在您可以戴上连接器进行连接。备份数据，读取进度百分之十五。"

安生听罢愣了一下才戴上"头盔"，颈后电流伴随着皮肤的酥麻感让他感到放松。他躺了下来，球壳空间内的昏暗让疲惫的他昏昏欲睡，自己一深一浅的呼吸清晰地传入耳中。

"就让计划开始吧。浪子计划的最后一步，就是你操纵开矿仪去输送电池。"仓库的广播变成了马达的声音，"人类的命运就全掌握在你手上了，安生。"

安生没有回答，缓缓闭上了眼睛。一种熟悉的感觉袭来，安生大脑的各项数据出现在了刘常眼前的显示屏上。几百万年来人类不断进化的大脑，在外星球上终于再一次和它所发明出的东西连接了起来。

随着如同跌入水中的失重感，安生的五感飞速流逝直到麻木，他几乎不能再感知外部世界的情况。再睁眼时眼前是一片黑暗，就像是一片没有星月的夜空，他的身体像是超人一般悬空，空荡荡的四周根本没有东西供抓扶。安生调整了一下呼吸，才察觉自己做不出任何呼吸的动作。他又试了一次，确实没有胸腔扩张的感觉。这个世界里他似乎不用动作就能"呼吸"。

"这里是刘常，"刘常的声音满是期待，"这里是刘常，感觉怎么样？"

"一切正常，不过我可能需要适应一下这里的环境，"他的眼前出现了各种各样的画面，还有一个巨大的月球。此刻他就像是上帝一样俯视着整个月球的状况。

"太好了，有画面了吗？"

"嗯，月表各个地方的情况都显示出来了。这种感觉……你先别和我说话。"安生有点力不从心，他还在适应这一切。

巨大的月球模式图不断加载出数据，一种从未感受过的新奇感占据了安生的意识，眨眼间，他感到思维如光一样敏捷，就好像有一条河在源源不断地给大脑汇入新的脑细胞，那正是辅助计算机高速运转的结果。他只用了一秒就记下了整个月球的情况，并无师自通地学会了操纵开矿仪，从这一刻开始，安生可以控制的设备小到基地里的一扇门，大到部署在全月球的矿车队。

"理论上来说全面崩坏时的爆炸范围影响不到位于笛卡尔基地的车辆停放仓库，那里是第一大仓库。除此之外，亚平宁山脉的备用仓库也完好无损，使用'地鼠'去运输我们的备用电池，如果顺利的话，一切都来得及。"见安生那边一阵沉默，刘常自顾自地说道。

"已经在这么做了，三百零五台尚能使用的'地鼠'正在从各地赶往'光芒'号和抢修队那里领取电池。"安生的声音从广播中传出，与此同时密密麻麻的光点在刘常的电脑屏幕上四散开来，就像是蚂蚁奔向各自的岗位一样。

刘常赶忙修正辅助计算机运行过程中出现的小错误，提高容错率的同时确保开矿仪稳定——之前安远就因为在操纵开矿仪时失控险些酿成重大事故，不过还是引起了各界恐慌。

安生找回的记忆中自己曾训练过操控开矿仪。他这么快就能上手的原因除了辅助计算机的快捷指导外，还因为在几年前自己就已经训练过如何使用了。这套系统是以安生大脑中采集的数据为模板编写的，严格来说，这台仪器是为安生设计的才对，他才是最适合操作这台机器的人。尽管经验不足，但他的同步率仍有可能高过他的父亲创下的封顶纪录——百分之九十。

安生只感觉自己越来越得心应手。他可以掌握所有"地鼠"的资讯，就像是和那些信号融为一体一样自然。这样的新鲜感仅仅持续了一小会儿就消失了，因为他感到了一丝疲倦。正常情况下大脑的耗氧量占全身耗氧量的百分之二十，现在这个充满着奥秘的神经中枢更是在满负荷运转，消耗的能量应该呈指数增长才对。在这样恐怖的负荷环境下，就算不出任何差错，某种意义上也会对使用者的大脑造成损伤。

一想到剩下的二十多个小时自己要不间断连接，安生就直冒冷汗。"意识"身处计算机中的他控制不了自己的身体，安生不禁有些后悔之前等待时没有补充一点营养。

"能想办法维持一下我的体力吗？我是说，我的肉体可能撑不住这么消耗，我怕大脑会因此受到影响。"安生向人工智能提问。

"回答，本机共找到两套长时间连接的方案。具体内容已经发送给协助员。备份数据，读取进度百分之二十七。"广播里的男声说。他爽朗的声音总让人觉得像是真人在说话一样。

刘常按照说明为安生戴上了配有氧气面罩的头盔，找出点滴吊针帮他注射营养液。毕竟先前的使用者安远执行日常任务至少也要连接十几个小时，就这装备的齐全程度来看，对安远来说这，样的生活已经是家常便饭了。这方法虽然简单，但是有效。

这时基本上每台"地鼠"都领取到各自的"小礼物"了，矿车载着沉重的高能锂电池在平原上奔驰着。安生指挥矿车沿时间最短的路径前往疑似存有反物质的月球空洞。车顶摄像机的画面中，顶着巨大钻头的一行矿车钢铁洪流般在平原上烟尘滚滚地行驶着。随着预定下潜位置的到来，一辆辆"地鼠"向着脚下钻去。只一会儿地面上就只剩下矿车钻探的空洞了。

协会的指挥中心松了口气，达到现在的进度才用了两个半小时，眼下还有二十六个小时的时间。按照目前的进度来看，至少能提前八九个小时完成计划。安生不知道该怎么形容现在的感觉。自己还活着，还能想那些自己喜欢或不喜欢的人和事。可这里没有自由的感觉，黑暗的光影中只有不断变化的数据。

眼下最重要的事是完成浪子计划，自己在月球上，要用开矿仪指挥"地鼠"型矿车到达月球空洞。对，这就是自己该想的事，其余的一切都等结束后再说。一瞬间他感到其实也没有那么困难，心中扬起一阵喜悦，说不定自己可以就这样顺利完成任务，然后回家大睡一场。

　　刘常死盯着屏幕不敢放松。连接两个多小时了，安生一切正常，矿车也没有出现故障或者失联。每一辆"地鼠"在他的指挥下井井有条地从最快路径向空洞挖去。安生的人机同步率甚至高出了开矿仪的设计上限三个百分点——这意味着，他只用几个小时的时间就将同步率达到了百分之九十三。刘常心里暗自佩服，说不定这个少年真的可以创造奇迹。

　　地球上的人们热切地关注着月球上人们的一举一动，全球各地的广场上万头攒动。023 号巨城的城市广场中央投影屏幕上，月球矿车正一分一毫地向深处钻去。人们抬头看看月亮，这一刻，久违的希望倒映在每个人的瞳孔中。

第十五章

浪子

刘常检查完安生的身体情况后回到自己的座位上，他身体除了有点水肿外没有什么异常。不知不觉仓库里的气温就像刘常的东北老家一样冷了，静谧中只剩下电器的嗡嗡声。刘常伸了个懒腰，一口气喝光半凉的咖啡。这是他喝的第二十三杯咖啡。

距离最后时间还有十个小时，计划已经推进到最后一个阶段了。超过三分之一的"地鼠"到达了自己的目的地并完成了任务，剩下的三分之二也距离各自的目的地不远了。抢修队除了恢复电力供应外还清理了交通轨道，协会希望利用遍布月表的管道交通寻找尚未塌方的捷径通向月球空洞。

安生这十几个小时一直在全神贯注地控制矿车。因为只有一种淡淡的疲惫感，他几乎感觉不到什么疲倦。他不确定这是不是一件好事。时间的流逝难以察觉，只有那个人工智能播报备份数据的修复进度才能提醒他时间的流逝，最后一次播报的进度是百分之八十五。他计算了一下，虽然它的修复速度缓慢且没有什么规律，但是最多不出两小时就可以完成了。他想不明白是什么备份要花上如此长的时间修复。

开矿仪的世界里，巨大月球地图上表示储藏装置的红标逐个消失。可是安生明白，只要有一个储藏装置没有在时限前接上电池，其后果将不堪设想。

"有叶璇的消息吗？"刘常忽然发问，可这一问就问住了安生。这是他们近十个小时讲的第一句话。一是害怕打扰，二是实在无话可说。

"……也许是有的。"

"这么长时间了，到底发生了什么？"

"你想知道？"

"你不说我早晚也会知道的。"

安生把自己听到的和刘常平静地复述了一遍，自己的心情似乎没有想象中那么大的波动。怎么说呢，或许是安生这一路上看过了太多的牺牲，也或许是操作疲惫所致。

刘常听完"嗯"了一声，没有再说什么。安生知道他心里一定很难过。

"关于叶璇的事，我感觉很抱歉，还有阳子。如果有机会的话，我还想和他们交个朋友——"

"如果有机会的话。"刘常咬了一下牙。

刘常在等待安生的愤怒和不屑，可广播中再也没传出新的声音了。这么一想，安生刚刚的句尾也像是剪断风筝的线一样戛然而止，刘常有一种不祥的预感。

广播中忽然响起了警报，吓得刘常一个激灵，恍然间屏幕就挤满了红色的警告框。刘常心里一沉，知道出事了。自己不过是找他聊个天，怎么会这么巧……他一边飞快地敲击着键盘，试图查找原因，一边焦急地呼喊着安生的名字。

"安生！安生！"

没有答复。

"安生！安生！听到请回答，安生！"

没有答复。

刘常看了一眼开矿仪的指示灯，蓝绿黄依次亮起。他的心一下凉了半截，是应急封锁状态。当使用者的意识和系统强烈不匹配，系统为了保护使用者会强制进入应急封锁状态。这个状态并不少见，因为先前寻找适配者的时候测试者大都以这个结局告终。这种状态会冻结开矿仪，只有使用者能在内部解除，外人需要强烈的电刺激才能执行强制弹出，但这极有可能对大脑造成伤害。这也是为什么人们没有争相去担任光荣的开矿仪驾驶员的原因之一。大部分人在连接后变成了植物人或者半身瘫痪，甚至还有一起当场脑死亡的案例。

可是这太奇怪了，刘常心想。他翻看了好几页弹出的对话框，终于在一个不起眼的小角落找到了始作俑者。那是系统编写之初就携带的一串基础代码，是它输出的不匹配信号误触了应急封锁系统。而先前没有触发，大概是因为系统没有达到让它"误会"的条件——同步率达到百分之九十五。

过高的同步率在提升运行效率的同时也加重了开矿仪的负担，系统误以为是监测同步率的区域出错才达到了百分之九十五的水平——而这正是人机不匹配经常表现出来的特征之一。这时系统内部出现了一个极其微小的错误，它滚雪球般让打乱了程序的运行，最后导致了安生的连接异常。

刘常不免感到一丝讽刺，正是他的高同步率才让事情演化如此僵局。

协会方面很快发现了端倪——月球上的矿车忽然接二连三地停下了挖掘的动作，有关开矿仪的数据也停止在某刻不再更新。屏幕上只剩下心跳呼吸之类的体征数据在实时更新，但这些数据是由外部仪器来检测的。

问责的信息很快就发送给了刘常。向总部说明情况后，这个四十三岁的男人不得不着手寻找解除封锁的办法。他深知这么庞大的系统不是自己花几个小时就可以摸透的，按理说自己现在所做的一切都无法影响系统内部，可万一哪项操作出了问题，事情就不只是安生一个人的生命那么简单了。

所以他决定静观其变，不到协会下达死令不改动程序。坐了一会儿，他开始不安起来，还是打开了一页写满了字符的对话框琢磨起来。对话框中的信息量过于大，字里行间还使用了一些程序员自己定义的新运算符和概念。刘常花了约莫半个小时才弄清楚最基础的部分。

他越想越恼火，谁能想到竟然因为一串代码就误触了这道麻烦的程序。刘常调出负责这一部分的编写者数据，果然，这些程序是那个名为沙澄的男人写的，只有这个当年的"天才"程序员能做到这些。如果现在作为系铃人的他在这里，事情就好办很多了，可他后来写完程序没多久就去底层任职，从此消失在大家的视野中。他在编写时大概没有想到过仪器会达到这么高的同步率，所以编写出的这串代码才会因此出现纰漏。

刘常埋头一阵操作，尝试与开矿仪中的安生取得联系，但是发出去的信号石沉大海一样没有回音。按照以往的情况来说，就算是处于封锁模式，外界也可以和内部进行交流，这次不同以往的情况却异常棘手。不过无可置否的是安生还活着，只是有东西阻隔了他对外界的感知。他的意识还停留在辅助计算机庞大的数据库中，或许是系统的保护机制把他与外界强制隔离开了。虽然头盔还在向他的大脑发射信号，可是此刻安生的大脑没法在实质上操纵开矿仪，不论是弹出程序还是控制"地鼠"，现在的安生都做不到。换言之，他的意识被困在开矿仪中了，而且还无法与外界交流。

半个多小时过去了，刘常不禁捏了把汗。协会发来的信息越积越多，一切仍毫无进展。谁都没想到在这样的紧要关头会出这样的事。尽管还有九个半小时，但在说不准安生何时归来的情况下，能否按时完成浪子计划也是一个未知数。人们很清楚最坏的结局，尽管所有人都对此闭口不提。

协会内第一时间通过了寻找基站对"地鼠"进行个别操控的方案。虽然最多只能一次性操纵十几辆"地鼠"，但是这也是地球上的人类所能做的一切了。地球方面统一口径称信号太差，切断了来自月球的画面，以防引起大规模恐慌。巨城广场上的人们不约而同地举头望向天空，即使天空中看不到月亮。

…………

安生话还没说完，一阵翻云覆海的眩晕感就翻腾过来。缓过神来以后整个世界已经截然不同了——没有表示剩余的储藏装置的闪烁红点，没有浮动的月表模式图，没有"地鼠"摄像机上传来的前进图像，只有几团洁白的光十分真实地悬浮在远处。脚下不知不觉间出现了走在地上的实感，就好像站在地球上一样，但这也是刺激大脑所模拟出来的。安生尝试着移动了一下，发现自己可以随意走动，于是他缓步向有光的地方走去。虽然距离确乎在不断拉近，但自己肯定还处于连接之中，因为他仍然没有呼吸的感觉。

他想调出控制台呼叫刘常或协会，可是没成功，眼前的空间还是那么黑暗，遥远而不着边际。最重要的是，这里没有声音，也没有人。再三尝试后，安生得出了一个结论——现在的自己除了行走之外什么也做不到，他只能竭力让自己保持清醒而不被绝望淹没。

安生和那几团光芒的距离还在拉近，直到剩下四五米的距离时，他才看清了光芒的真面目——那是一个没有任何选项的控制台。他赶忙奔过去想要操控，可是控制台的画面没有任何反应。他想使用备用通道和外界取得联系，但是每一条都关闭了。空空如也的操作框接收不到"地鼠"的资讯，也没有选择断开连接的选项。整个操作界面选项凭空消失了。

安生愣住了。怎么会这样，明明很快就可以完成任务了，但是为什么会这样？他又做了次深呼吸，可胸部肺部还是没有任何感觉。说到底他连自己的身体都看不到，他不禁思考现在的感觉和死后有什么区别。安生无力地向后倒去，摔在地上也不疼，随即放松身体瘫成一摊烂泥。可是他没躺多久就又弹跳起来。还有很重要的人在等着自己，安生不能就这样在这里等死。

他整理了一下思绪，终于意识到自己是触发了应急封锁系统。至于为什么监测系统无视自己的高同步率给自己判了死罪，为什么不能从内部手动断线，他一点头绪都没有。安生有看手表的习惯，最后一次看时是晚上七点，但是现在就连时间都抛弃自己了。这个世界里的时间和外界不太一致，以致让人察觉不出时间的流逝。纵使如此，这样的情况下自己倒是很安全，被锁住只要等程序恢复正常就好了。这也是一个好消息，他想。

"备份修复进度，百分之九十三。"

一个熟悉的声音出现在耳边，这对安生来说无异于久旱逢甘露一般珍贵。安生向那声音呼救，可是不论怎么喊都听不到应答，但自己的的确确是听到了那个声音说了一句话。虽然安生不知道它口中的备份究竟是什么，也不清楚那东西能不能改变自己的困境，但这就是他唯一的希望了。幻想对方同为人类显然并不现实，安生不禁猜想那是一个和自己一样被锁在电脑里的人工智能。可是为什么它会被锁在这里面呢？安生有点弄不清楚状况，他决定仔细听听下一次进度播报。

好像过了很久，安生尽量用望舒教过的冥想法来放空身心，以此度过这段漫长的时光。他所做的就是整理自己的记忆，虽然负面情绪像是呼吸一样不可避免，但是总有一些美好能撕破黑暗大放光彩。安生靠着那一点点微不足道的美好来撑到下一次播报，在这个没有其他人的世界里，记忆就是一个人的全部。

"备份修复进度，百分之九十七。"

出现了！果然没有错，这个声音是真实存在的！安生有一些激动，随激动而来的是更大的压力，播报大概一个小时一次，这说明自己已经被困在这里一个小时以上了。空荡荡的黑暗给不了安生离开的答案，他对着虚无大吼一声，回应他的只有死寂。他不死心，又侧耳倾听了一会儿，确认没有声音后才就地坐下，看来只能等下去了。

安生在心里数着数字，直到数到第三十五分钟，伴随着一阵接通电话前的沙沙声，那个声音发出了最后一次播报。

"备份修复完成，是否覆盖数据？"

"覆盖。"安生颤抖着说。

"确认？"

"确认。"安生几乎是拼命忍着兴奋才从牙缝里挤出这两个字。

"正在初始化……情感模组加载中，记忆模组加载中……加载完成。"男声的最后一句话戛然而止，再说话时换上了一种戏谑的语调，"尊敬的月球酋长博士，您的族人在此恭候多时了。"

"等等，我没听错吧？什么，不！我不是什么酋长，你到底是谁？"安生有些诧异，话语中不知不觉把称呼变成了"你"。

"我是第三代泛用性月球助理人工智能系统，不过是安远博士使用的版本而已。等等，你不是博士，你是谁？这是哪儿？天哪，你怎么会在开矿仪的计算机里？"那男声充满了惊讶，"我现在应该在帮助博士逃离依巴谷基地才对，小伙子，你听着，月球有大麻烦了，我们得赶紧去笛卡尔基地才行，要知道月球下有着不少的反物质。喂，你听得懂我说什么吗？"

"嗯……安远是我父亲。"安生一时间接受的信息量过多，脑中有些许混乱，"其实你所担心的那些事，在二十多天前就已经发生过了。"

"什么，'已经发生过了'是什么意思？"男声被问住了。

在它的数据库中现在全世界还在危机前夕，而自己要和安远去拯救世界。

安生简短地把全面崩坏前后的种种情况说了一遍，包括月球基地如何覆灭，地球又是如何遭受陨石浩劫，还有自己出现在这里的来龙去脉。

"我叫安生，是安远的儿子。"他最后补上一句。

"我……你父亲叫我沙澄二号，我是沙澄很久以前的一份复制，相当于把整个人塞进电脑里的意思。不过你放心，当时的我还没有和你父亲决裂。至少在我的记忆里，我们一直是很好的朋友。"沙澄二号平静地说，"你说我是一个备份，大概是出发前夕安远博士留下的。读取备份数据很久也情有可原，毕竟'塞'一个人进电脑里要占用不少的空间。"

"那现在怎么办，我们被困在开矿仪里面了。"安生心系身上的任务，他觉得这个沙澄二号或许可以帮自己出去，"有什么其他的话可以等出去再说，不管怎么样，虽然你之前没能拯救世界，但你现在还有最后一次机会。"

"不错，确实可以再来一次。只是你要搞清楚，现在是你被困在开矿仪中。我是本来就依附于开矿仪存在，如今不能连接外界不过是因为受了你的牵连才被封锁。"

"这，这意味着你也无能为力吗？"安生心中燃起的希望火花像是丢进冰窟一样慢慢熄灭。

"不，这意味着，我可以解开封锁状态，还可以让你重新操作开矿仪。"沙澄二号的语气中透露出一种得意。

"真的吗！要怎么做？"安生激动地问。

"我是程序的开发者，修改程序就是几个字符的事。只不过你的生命，或许在结束连接之后就难以保证了。因为现在的情况下，我的一切修改行为都是越权，而越权操作的后果就是会给大脑带来很大的负担。说实话，别说操纵开矿仪了，就连你能不能活下来我都没有把握。你要知明白，所有的事都是带有一定的代价的。"沙澄二号郑重其事的语气让安生感到一份极其沉重的重量压在自己身上。就像是得知母亲消失在废墟中，给自己写信的父亲再也回不来时一样，那是一种生命的重量。

他想明白了一件事，一件很简单的事，于是他的思绪也变得简单起来。脑中先是浮起了和望舒一起吃可丽饼的那个夜晚，然后是那个父亲给自己念勇者故事的晚上，接着是自己十三岁生日时的烛光晚餐，一直到那天父亲带着自己去那个"秘密基地"的小土丘上荡秋千……

当你无法回头的时候，才是真正的旅途。安生暗笑自己的傻，他早就在半路上了啊。

"那就来吧。"他的话语没有犹豫。

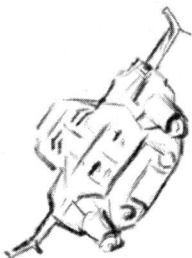

第十六章

人类

距离反物质储藏装置失控还有大约六小时，开矿仪停转约莫四个小时了，情况不容乐观。

这几个小时协会一直没有闲着，他们一直在手动操作"地鼠"前进。但因为缺乏数据无法避开坚硬的岩区，月球上不明的地质环境大大拖延了矿车前进的速度。"地鼠"车队在人工操作下只把不到十辆矿车送进了较近的月球空洞之中，剩下的那些还只是向前推移了一小段距离。这样的进度根本没法和开矿仪相比。不光是协会的工作人员，就连地球上的普通人都知道如果没有开矿仪，人类面对剩下的九十几台处于失控边缘的储藏装置毫无胜算可言。

此刻在地球同步轨道的空间站上，月球矿物协会的主要成员都聚集在偌大的指挥中心里。人群中男女参半，他们来自全球不同的地方，甚至说着互不相通的语言，可是此时此刻，他们的心似乎连在了一起，在场的人对"人类"这个词有了前所未有的新认识，这个词语从来没有像今天这样清晰地印在自己的心上。这一刻所有人不约而同地凝视月球，一位年逾古稀的老人也穿上了机械外骨骼站起来和大家保持一致。这么多人不辞辛劳来到这是有原因的，相比地面来说，从同步道指挥月球可以节省 0.12 秒的时间。轨现在的任何一秒对于人类来说都是沙漠中水滴一样宝贵的存在。众人的注视中，来自反物质的威胁时不时拽拉一下大屏幕前"地鼠"操纵员的心。其中一个驾驶员身边围上了很多人，他凭借过硬的技术越过一个又一个难关，带领人类的希望向月心挺进。在这个连呼吸也要放缓的空间里，所有人都自觉压低了声音细数着矿车的前进。谁都不知道心里那条紧绷的弦还能支持多久。

安生究竟怎么回事？为什么话都没留一句就失联了？在场的所有人心中冒出一个又一个问题。或许当初就不该把这么大的责任交给这个年纪轻轻的孩子，可是……角落里一个留着络腮胡子的男人叹了口气了，所有人的目光针刺一般指向他。他不敢直视人们的目光，又把头埋进屏幕之中去了。

月球上的刘常还在锲而不舍地寻找解救安生的方法，他已经有几个小时没有联系上安生了，和他一起努力的还有世界上所有的程序员，好像全世界都在紧锣密鼓地进行着计算。协会已经向全世界悬赏了解读出开矿仪程序的公告，方法很快就冒了出来，可是不论多么资深的程序员也找不到让安生全身而退的方法。半个小时后，协会终于意识到安生是没法被外部安全解救出来了。众所周知，强制弹出没有一起安然无恙的事例，且就算实验员毫发无损，以那样的大脑状态真的还能操纵开矿仪执行任务吗？

还剩五个半小时。似乎一切都已经来不及了。只有小部分人还固执地相信着协会，当然还有几位固执地相信开矿仪。望舒和沙华站在队伍的最前排，全场似乎只有他们固执地相信一个名叫安生的人会拯救世界。出事后他们首先想到的就是安生的安全，可如今这样，他们能做就是在此默默为他祈祷。

人们回到家中的，猛然间意识到这可能是自己生命中最后的几个小时了。世界各地陷入了一种被绝望笼罩的疯狂状态。

刘常打了个喷嚏，胃部翻滚的感觉让自己有点难以集中注意力。他还不知道地球上发生的一切，但是他已经精疲力竭了。饥饿不再是一种感觉，而是化为了身体的一部分。手指因为大量的快速敲击浮肿起来，肌肉劳损的酸痛感让他打字的速度渐渐慢了下来。

他没有和协会通讯仅仅是因为没有什么情况要报告，毫无进展的消息也只会徒增他们的悲伤。神志不清中，他听到身旁久违地传出了人的声音——自己最后一次听到的人声是协会的年轻通讯员死气沉沉地向自己询问进展。除此之外，电流的嗡嗡声就像一种自己听不懂的低语不胜其烦地吟唱单调的语句。气温只有二十摄氏度，刘常只穿着单衣，他不想穿上厚衣服，因为寒冷能毫不留情地让他保持清醒。他不太清楚这样寒冷的情况下会不会出现幻觉。

可是这次的声音不一样，虽然不大，但是很清晰。刘常就像按到底的弹簧一样跳起来，飞快闪到开矿仪旁。自己没有看错，是恢复了一点血色的安生在咳嗽。这时开矿仪的指示灯开始不停地闪烁，熄灭的黑暗之后，三个指示灯由蓝绿黄变成了一排绿色。机器再次运转的声音像是从时间的另一头传来。

应急封锁解除了！安生做到了！一定是这样的，安生自己救了自己!

刘常欣喜若狂。这样一算,如果以开矿仪全速继续推进的话,或许还来得及,得把这个消息告诉协会,人类有救了。

等等,有什么不对的地方。刘常停下了脚步,看向身后的开矿仪。尽管指示灯显示一切正常运行,但是安生一言不发,月表的各项数据也没有更新。一声尖锐的警报让刘常从安生苏醒的兴奋中惊醒,安生的生命体征数据忽然大大偏离正常范围,他的大脑正承受着强度极大的电流刺激。躺椅上的安生剧烈颤动着,脸颊因为充血而红得吓人。两行鼻血汩汩地下来,眨眼间就染红了一大片衣服。让刘常最担心的是他没有发出一点声音,他的意识还停留在系统里!

刘常被这一幕吓得呆住了,一片空白的脑中不知道要怎么样才能让这一切停下来。直觉告诉他最好待在原地,多余的行动可能会造成二次伤害。心里这么想着,但是一个大活人在面前不到三米的地方痛苦地抽搐,换作是谁也无法直视。刘常顺着椅子滑到地上,呆滞地看向一片血红的安生。

等到被扰动的空气完全平静下来,理清楚状况的刘常想到的第一件事就是给他止血。等他拿着毛巾站在安生面前时,他的模样让刘常五味杂陈。他不知道这该说是一个奇迹,还是一场悲剧。

…………

距离最后时限还剩五个小时,指挥中心已是一片死寂。没有人愿意说话,是因为没有人说话。角落里,一个负责监控月球数据的人从瞌睡中醒来,他已经有好几天没有睡觉了。睁眼后他惊讶地发现自己屏幕上出现了许多画面，其中有的来自"地鼠"矿车的前置摄像头，也有月表情况实时更新的资料。他特别激动，刚想高呼开矿仪恢复了，没等自己发出第一个音节就有一个尖锐的女声在另一角大叫"屏幕"二字。他抬头，才发现指挥中心里最大的曲面屏幕上也映上了和自己屏幕上相同的画面，目光所及的每一排电脑上都是如此。

来自月球的各个画面重新出现在各个监控的窗口中，开矿仪源源不断地将数据传输过来。画面中的"地鼠"车队像是钢铁洪流一样继续朝着各自的目的地进发。所有的数据都在正常范围内，有的状态甚至比失联前更胜一筹。一瞬间开矿仪恢复的信息传遍全世界。人们心中又燃起希望，广场上聚集看浪子计划的转播人瞬间多了起来。指挥中心里忙成一团，每个人都找一台可以使用的电脑坐下，希望能在这样振奋人心的时刻尽上自己的一分力量。

这真是个奇迹。看到这一幕的人都这么认为。他们没来得及去想操纵者是怎么突破系统封锁重回前线，他们只是在听到开矿仪恢复运行的消息后手舞足蹈。那个最早发现开矿仪恢复的工作人员有一些失落，因为所有工作的线路都被一抢而空了。他不过是个刚入职一年的小员工，自己如果能在这次好好表现一下，那么未来必将前程似锦。幸运的是，眼花缭乱间竟然没有人注意到健康数据通道的维护工作，虽然这个线路没有什么要紧事，不过他总算是有件事要做了。

他接入工作线路，屏幕上出现了检查错误的各项表单。除此之外，自己还可以看到开矿仪传来的操作者身体数据。他盯着屏幕看了两秒，犹豫了一下，两腿发颤地站起来。他的肩膀和胸膛随着一个深呼吸耸立出自信的角度，心中的那个念头更加坚定了，可是口中还没来得及发出声音来，身后一只强而有力的手掌按住了自己的肩。他缓缓回头，是两个大块头的安保人员一左一右，按住自己的人正是代理会长马达。马达点了点头，示意他安静地坐下。

豆大的汗珠从他苍白的脸上滚落，四肢止不住地颤抖，就像马上就要摔倒，不断加速的心跳让自己的呼吸声清晰可闻。大家都沉浸在自己的事情中，没有人看向这边。而眼前自己电脑屏幕上的内容已经消失了，自己的账号被强行踢出了那条维修线路。他无论如何都没有想到自己会在短短十分钟内连着发现两次这么震惊的消息，命运没必要开这样的小玩笑，自己不过就是一个小职工而已。

"别害怕，你叫林华是吧？我们不会对你怎么样的。"马达笑着说，"只是你不小心发现了一些现在还不应该被看到的东西，要知道现在的开矿仪就是全世界的中心，出什么问题都关乎全人类的命运。别太紧张了，你刚刚只是幻觉。累的话就去可以去休息一下，会有人来接替你的。如果你还不想休息的话，就只需要做好你分内的事。我说清楚了？"

"清楚……我会认真工作的……"这个叫林华的年轻人抹了一把额头上的汗，低头对着地板说。那只宽大的手又拍了拍他的肩膀，说了一声"加油"。那三人的皮鞋挪动了一下，马达那双黑色皮鞋伴随着脚步声消失在视野里。

他仿佛刚刚在水中憋气十分钟一样大口呼吸空调制冷过的

干燥空气。刚刚发生的一切太让人后怕了。什么叫现在还不应该被看到？这样的欺骗要一直到任务完成，还是要更久？林华心里一下也答不上来。这一定是高层的决定，自己还是别碰这个钉子为好，自己又不是记者，早晚真相会公布的。

他又回归到指挥中心忙得不可开交的人群中，成为命运转动的巨大齿轮中的一员。随后的几个小时里，他除了喝水时和别人打了一声招呼外再没有说过一句话。

林华不过是影响历史走向的万千因素中一个极其普通的因素，就像大部分人一样，他的出现或许改变不了什么。不管怎么说，浪子计划在一步一步推进。真的，倒计时进入最后两小时的时候，几乎所有的"地鼠"都完成了它们的使命，只剩下少数几辆矿车位于月球空洞的边缘。已经钻到月球空洞之中的"地鼠"先寻找合适的角度降落到这些巨大到诡异的洞穴底部，打开车门后"工蚁"型人形机器人跳出车厢，由它们为储藏装置组装电池。

距离倒计时结束恰好还有一个半小时。全世界看着最后一辆"地鼠"打开舱门，一台台"工蚁"扛着像子弹一样的高能锂电池威风地冲出来。位于巨大空间中央的那台环形装置散发着微弱的光，像是黑暗中一颗遥远的星星。但是这颗危险的星星很快就要回归人类的接管之中了。

"工蚁"大跨步靠近那台让所有人担惊受怕饱受折磨的装置，粗壮的手臂好像一拳就可以把它砸烂。因为其中的反物质，多少人失去了宝贵的生命。是它让地表变得面目全非满目疮痍。不过这一切很快就要结束了。"工蚁"长而有力的机械臂托着高能电池，从储藏装置上狠狠地拉出一个接口，精准地将两者的电缆连接在一起，毫无悬念地完成了最后的连接。一阵滴滴答答声后，装置内的反物质再也没有机会在人类眼前湮灭了。

人工智能的一声"任务完成"向世界宣告，浪子计划成功了！全月球共二百五十五台反物质储藏装置全部连接完毕。全人类都欢呼起来，战胜命运的喜悦像洪水一样盖过了所有的烦恼。指挥中心谁都不记得这几个小时是怎么过去的，他们好像做了一个很长的梦，梦中自己在不停地忙碌，醒时人类已经逃过一劫了。精疲力竭的他们是时候该休息了。

这种前几个小时还被绝望笼罩着，随后又如沐春风般的快乐让活着的人刹那间意识到活着是一件多么幸福的事情。

广场上的人们激动得热泪盈眶，他们相互拥抱在一起。自己活下来了，心中这个简单的念头驱使人们回家和家人团聚，而那些无家可归或者已经举目无亲的人则聚在一起，借以相互取暖，分享各自的心绪。

安生临行前给了望舒自己家的钥匙，事情一结束望舒就带着沙华来他家等他回来。这是一套简单的单身公寓，所有该有的设施一应俱全。从图书馆借回来的书打开着放在书桌上，旁边有一个满是茶渍的白瓷杯。自开矿仪恢复运行，他们想知道安生的身体状况，可是有关操纵者身体状况的信息完全没有放出。对其他人来说只要开矿仪能动就好了，其他一切并不重要，但是等待对望舒和沙华二人来说是一种煎熬。他们不知道是不是有其他的适配者替代了安生的位置。在望舒的眼中安生一直生死未卜，纵使地球得救了，她也不能放下心来。

这间只有两个人的房间，缺少该到场的主角。

人们欢呼来欢呼去，总感觉话语中少了什么。终于有人发现了，他们还不知道是谁操纵的开矿仪拯救世界。他们迫不及待地想要知道开矿仪操纵者的名字，想要知道他的身份好去歌颂这个拯救了人类的英雄。如果没有他，人类就不会有明天。因为他，人类的历史才没有在今天就此结束，而是继续延伸向无比遥远的未来。他，就是人类的骄傲。

不知道是谁在虚拟网络上匿名爆出了安生的名字，短短几分钟，"安生"就成了人们口中频率最高的名词。这些满怀感恩之情的人什么都知道了，但是他们并不了解那个"救世主"。那是一个十八岁的少年，从小就被冠以"天才"的称号，在学术领域颇有造诣，而他的父亲正是开矿仪的发明者安远。人们夸赞安远虎父无犬子，只是这个家庭中的父亲已经在全面崩坏中牺牲，母亲也在陨石袭击中丧生。如今只剩下安生，他的名字是人们希望的代名词。

人们心里冒出一个疑问——可是安生现在在哪儿？

此时此刻，月球，依巴谷基地。

刘常擦干净安生身上的血渍，一把甩开浸满鲜血的毛巾，长舒一口气，靠着开矿仪无力地跌坐在地上。

"恭喜你们，人类得救了。"广播里传出来的是马达的声音，"救援队很快就到了，你带着安生坚持一下。不用担心，你们是人类的英雄，很快就可以回家了。听得到吗，刘常？你的队友都在等着你。"

"这样啊，已经成功了吗？"刘常苦笑了一下，因为照顾安生的原因，他连任务的进展都不清楚，虚弱的声音像是从一具空壳中发出来，"我就感觉差不多要结束了，原来真的成功了。安生，你可真行啊。"

"从系统传来的数据来看，他的状态不容乐观……你觉得他真的可以活着回到地球吗？"

"这个，不好说。他从内部解除封锁的方式过于勉强，再加上一解除封锁就去操纵开矿仪，还是连着几个小时。虽然脑干的心跳呼吸还能勉强保持正常，流经大脑的电流量还是给很大一部分扇区造成了伤害。我不是医生，我不知道这样的伤能不能恢复。按照我仅有的一点的脑科学知识，他恐怕会成为植物人吧，我想。这样也算是活下来了，可是和牺牲有什么区别？"

"可事实是他操纵了开矿仪那么复杂的仪器，且不说这个，他还主动和我建立了联系，让我对外界隐瞒他的身体状况，对外宣称自己一切正常。他说这是为了不让朋友担心，虽然出于私，但不得不说这对于人类来说也是一个明智的决定。总要有人做出决定，哪怕是欺骗。"

"你是说，如果他不说你也会这么做？"

"那自然，否则地球上一定会乱套的。一旦知道他在大量失血的情况下拖着半残的身体操控开矿仪，换谁也会害怕计划失败。我在这边看着那些触目惊心的数据就够害怕了，你在现场应该比我更清楚。地球上的人已经受不起那么大的刺激了，他们需要一剂强心剂找到信仰。要知道所有医生都不肯相信开矿仪"可能是大脑的语言区受损了吧，这个也是没有办法的事。至少计划完成了，这也是不争的事实。救援队马上就要到了，不管怎么说先回家吧。消息已经泄露出去了，全世界都知道了安生的名字。"

"马达，我问你一个问题。在选择一个伙伴的时候，你觉得最重要的是什么？"

"怎么突然问这个？"马达的声音停顿了较长的一段时间，"我会看那个人能够做到什么。我是说，他有什么能力，能力才能创造价值。"

"不，在选择一个伙伴时，最重要的应该是信赖。如果不能彼此信赖，就算他实力非凡也不可能为了你而发挥出真正的实力。这些是安生和我说的。他有两个信赖他的朋友，是他们选择了他来拯救世界，而不是命运，更不是协会。安生同样信任他的朋友们，可能他自己并没有这么觉得，但那份感情比他自己想象中的要强烈得多。这样的人是可以创造奇迹的。"

"你的话在科学面前毫无说服力。"

"不，是你太小瞧人类了。我想我之前想错了，我一直以为他不过是个毛头小子，可是他眼中总有什么让我为之一颤。那东西在你我身上可找不到，感觉起来就像月光，不是很亮，但总能给人希望。我相信他一定会好起来的，在那之前我们要先回家，对吧？"他最后的那句话是对着安生说的。

车辆的震动隐隐约约传到脚下，刘常挣扎着站起来，大量血液一瞬间涌向头顶的感觉让他眼前发黑，安生只是静静地躺在开矿仪上。应该是昏迷过去了，他想，可是他无论如何也想不明白他为什么一言不发。

细看他的脸确乎是有些偏瘦，失血过多带来的苍白透出一种坚毅的感觉。刘常下意识查看了体征数据，心跳和血压虽然有些偏低，但还属于正常水平，脑电波也在允许范围内。开矿仪的指示灯暗了下去，安生现在已经断开了连接。难怪那个人工智能也不说话了。他推测那是存储在开矿仪的系统里的，因为它是随着开矿仪启动出现的。现在开矿仪关机了，那个人工智能也随之关闭了。刘常还不知道那个恢复了许久的备份是什么。或许安生知道，等他醒来再问问。

刘常费力地背起安生向出口走去。他还活着原本全靠仪器数据的证明，这下到了背上才感到他的体温。刘常鼻子一酸，这样的他还是初次登上太空。他太不容易了，明明和自己儿子一样的年纪，却要承受这个年龄难以承受的命运。但是会好起来的。

快到门前时，闸门上的三叉把手转动起来。外面有人想进来。他心想糟糕，外面还是真空，而他们还没有穿宇航服。奇怪的是，自己并没有因为气压降低而细胞衰竭。进来的人没有穿宇航服，谈话的声音也听得很清楚。这意味空气还在。

大概是破损处修好了吧。这下终于可以回家了，希望这个不是幻觉，刘常想。

浑身是血的刘常背着浑身是血的安生，面向大门昏倒在了地上。黑星点点的视线中，救援队员正向他们跑来。

尾声

明天的月

一扇巨大的落地窗，视野从这里可以一直延伸到很远的废墟。相邻高楼上列车在攀附于建筑外墙的轨道上飞速行驶着，每一节车厢都挤满了人，就像是馅放多了的饺子。几架小型飞机掠过眼前。道路上的车流停滞不前。四处是正在工作的机械吊臂和忙碌的"工蚁"。或许是因为知道其他交通方式寸步难行，一向冷清的人行道上人潮泛滥。

他们都要去同一个地方——在废墟上新修建的月球纪念广场。那是一个可以同时容纳几万人参加集会的巨大广场。一个完整的月球立在半圆形广场的圆心处，这个大理石雕像纪念着曾经完整的月球——或者说世界。今天广场上将会举办一场重要的活动——纪念人类的新生，同时缅怀那些在全面崩坏中丧生的人们。

他的机械外骨骼放在一旁的壁柜里。这是专门为他特制一款，大脑的神经进行可以直接进行连接。但是他并不想去穿上它。他不想进行任何连接。这倒不是说厌恶，只是身体本能地不想再进行任何连接了。除了大脑内部不得不放的一两个微型电极外，那些司空见惯的神经操作自己都避而远之。他觉得自己需要一点时间来适应身体的变化。

街景很快就看腻了，尽管每天都有改变。他摇动了一下套在右手上的手柄，身下的轮椅向后倒退起来。

这时门铃响了。一定是她来了。他喊了一声"开门"，门自动打开。望舒立在门外，白色毛衣配上黑色短裙，给人一种很清新的感觉。她顺手把摊在书桌上的书合上，似乎每一次过来她都会这么做。

"不看书记得把书合上啊。"

"我这不是等你来合吗？你看我这腿脚也不方便。"

他操控轮椅转过身面向望舒，脸上不熟练地笑着。因为做完手术的缘故，戴着一顶黑色的渔夫帽，面庞比之前瘦削了许多，一副大病初愈的样子。望舒觉得他似乎比之前更成熟了。然而什么是成熟，她自己也说不清楚。

"那就由我来合吧。不过，安生，你怎么不用托斯工业的外骨骼？"望舒走到安生身后，推着他往门口走。

"想体验一下坐轮椅的感觉。那个东西太笨重了，说不定哪天我身体就恢复了呢。"安生的话里都是笑意，坐轮椅自有坐轮椅的好处，"等等，现在就出发吗？"

"不然你还要干吗，我都叫沙华在停机坪等着了。今天的日子很重要，你可是重要嘉宾。"望舒推着安生出了房门。

"那天你不是最后也没等到我回来吗？我想单独补偿补偿你嘛，这样我有点过意不去。"

"少给我开玩笑，你没准时到场我可负不起责任。不过嘛，看来今天不用担心。看你的状况，这一次你可没法偷偷溜掉了。"望舒的声音在走廊里浅浅地回荡，"也不看看是谁在推你，现在你可是落在我手上了，说话小心点。"

"好好好，遵命遵命。"安生老实下来，静静地让望舒把自己推到楼顶的停机坪。

"你终于来了，我可在这等了很久了，我想死你了！"沙华一如既往地充满朝气，或许是因为最近在校园演讲比赛中拿了头奖。相比他父亲年轻的时候，他更喜欢笑一些。可能这和他的两个朋友爱笑有关。

"虽然打扰你们不太好，但是还请要注意下时间。"数米远的直升机里探出一个头来，看来她负责接安生去会场。她的脸让安生想起了阳子，可是他什么也没有说。

三人自觉收住了声，来到直升机下。沙华帮望舒把安生连着轮椅滑上直升机，刚坐稳就起飞了。直升机很快就飞到了一千五百米的高空，这个高度可以越过绝大部分巨城建筑。四处都是劫后的荒芜，可是每天都有全新的高楼冒出来，像是春天的草苗一样。

月球反物质威胁解除是在九月二十六日，人们把这一天称为新生日。新生日已经过去三个月了，可是经历过那一切的人总感觉往事历历在目。全球仍是一片萧条，人口减半造成的巨大空缺和伤痛短时间内是无法填补的。

有些东西是永远无法修复的，比如说人心。全面崩坏的遇难者再也无法回来给家人一个拥抱，遇难者家属委员会成为会员最多的民间组织，几乎每一个人都有资格加入。

滴着血的刀锋在人们心上刻下了"人类"二字。人类深刻意识到了合作的重要性，人类命运共同体的观念无意间深入人心。世界从月球的恐慌中慢慢平复下来，少部分人开始意识到眼前的一切都是人类自己的产物。世界会变成这样，不论怎么说都有人类自作自受的成分在其中。每个人身为被害者的同时，又是自己的加害者。历史学家和环境学家指出，先前人类的贪婪越过自然规律破坏了地球环境，资源枯竭后才会将目光看向月球的资源。而如果不是人类把希望寄托于月球，也不会有可乘之机在月球上储藏反物质，自然就不会发生这样的事情。

安生的思绪确实飘得很远。月球上的反物质被集中在地月轨道上统一看管，前不久才举行仪式用特制的飞船送出太阳系。飞船可以为其持续供电，直到它远离到不会对人类造成伤害的地方。不过这也不算结束。要等到几年后天空中忽然多出一颗耀眼的小太阳，反物质湮灭的光远远照亮地球，那时整件事才算真正结束。人类显然已经对那三个字恨之入骨，相关方面的研究在各界压力下陷入停滞。尽管这样，还会不会有人想要私藏小部分，安生自己也说不清楚。人性可以超出任何人想象的善良，但人性中总有带有恶意的部分。不要用恶意去对抗恶意，这是安生总结出来的一个道理。但是就目前的情况来看，他的假设应该不大可能实现了。整个反物质发射仪式在全球各界监视下完成，全程直播，质量也确切核对过，失窃的可能性为零。就连在离开太阳系之前的路上还有飞船护送，这下总算万无一失了。人类算是送走了这个棘手的客人。

飞机正飞过月球大学上空，他想起了许多熟悉的人。听说墨丘利已经退休回到老家，在当地的科研局里进行科研工作。现在的季节已经快要入冬了，安生再也看不到那个人了，这倒也不错，也不知道自己会不会怀念这位老师，他的结局或许就在那个遥远的地方。

有关刘常的信息，安生并不清楚，这位救命恩人只在自己卧病在床时来过一次，听说他病一好就又返回岗位工作了。有机会要当面向他道谢才行，安生想。

头顶的上弦月弧度弯得刚好，淡淡地显现在清澈的蓝天之中。真是美极了，安生想。小时候总下意识觉得白天看不到月亮，月亮应该是属于夜晚的。直到那天他在某个清爽的秋日看到它静静地挂在空中，其实它一直都在那里，只是这一次他才认真注意而已，刹那间鼻子一酸，原来秋高气爽的日子是这样的美好。

还有那个自称沙澄二号的人工智能，他多希望有机会再遇见他。那天自己在他的帮助下才能突破紧急封锁。如果没有沙澄二号的话，自己是没法坐在这里的。要知道，修改程序带来的巨量电流可以在一秒内要了安生的命，特别是解除封锁后的五分钟内，那些电流可以让尚未脱离系统的自己轻松毙命。然而实际上，安生所承受的电流刺激要轻得多，这都要感谢沙澄二号。他早就知道开矿仪有这么一段危险状态，为了让安生闪避这段电流，他先把自己的数据清空，腾出空间把安生意识临时转移到自己所待的独立空间中，这时再断开连接，安生就像躲在水下一样避过浪头，等到电流稳定下来再让意识回到安生的身体中。这就是他给安生的最好承诺。

尽管这样，安生还是付出了面部肌肉功能丧失和双腿瘫痪的代价才解除了封锁。如今通过复健运动，他已经可以不太熟练地笑了，只不过双腿的情况还有待考察。沙澄二号一去不复返了，他虽是一个人格数据，但作为一段数据而言，被删除后就是永远消失。他说得很坦然，自己已在无尽的数据海洋中度过漫长的时间，早已失去了对回归虚无的恐惧。不管变成什么样子，只要能完成一件有意义的事他就很幸福了，那么拯救世界刚刚好。

安生想到这里，飞机终于到达了会场上空。两百万多个人头攒动，两百万多颗心灵在此聚集。或许是为了悼念，市民不约而同地穿上了黑色衣服。黑色的人海，搭在巨大月球雕像前的演讲台。偌大的广场上只有马达的声音响彻云霄，他以月球矿物协会主席的身份担任主持，"临时"二字已经去掉了。广场上男女老少没有一个人交头接耳，新时代已悄然到来。

直升机在雕像后降落。安生下了飞机，工作人员从望舒手中接过轮椅的扶手，朝搭在演讲台后方的一个小台子推去。它看起来可以垂直升降，应该是为腿脚不便的自己准备的。可安生还有朋友推自己上去，或许这个小台子没有存在的必要。

"你好，我可以请我的两个朋友推我上台吗？"安生向身后的工作人员询问。

那工作人员随即向上面汇报了。不出意外，他的请求被允许了。

"……那么下面有请开矿仪的使用者——安生。是他在浪子计划中使用开矿仪，在伤势严重的恶劣环境下完成了举世无双的壮举，他对人类文明的延续功不可没，我想，现在由这位少年来发言实在是再合适不过了。"马达的声音从前台传来。

做好准备后，望舒和沙华一人一边推着安生走出后台，沿着缓坡登上演讲台。台下的掌声波涛汹涌，经久不息。在全场两百万人的注视下，安生在演讲台前停下来，坐在轮椅上面向人群。虽然早就做好了心理准备，但是亲眼见到两百万人的场面让安生咽了一口口水。台下不远处，有一个长着水汪汪大眼睛的小女孩在看自己。他对着她笑了一下，那个小女孩也笑了，拉着自己的妈妈激动地指向自己。安生又收回了视线，一瞬间心中的紧张感舒缓了许多。他放空心绪，就像操纵开矿仪时一样。他感到自己正在远离喧嚣，心里想说的话似乎变得更加清晰。

　　望舒和沙华把安生推上来后就回到后台去了，他的朋友们想把镜头留给他自己。全世界都在转播这历史性的画面，这是安生应得的荣誉。他试了试话筒，没有杂音，清晰得能把一切声音都录进去。自己没有准备演讲稿，要相信自己，更要相信人类。

　　他深吸了一口气。

　　"我的名字是安生。如你们所见，我和大家一样，不是什么英雄，而是一个普通人。我们出生在同一颗星球上，站在同一片大地上，呼吸着同一个大气。今天，我们聚集在这里，不单是为了追悼或是庆祝，而是因为我们有着共同的信念。因为我们都是人类，因为，我们活下来了。现在的我们，是人类的希望。"

　　一阵掌声在沉默几秒后爆裂开来，城市的高楼间回荡着这股经久不衰的掌声，像是千万个灵魂的低唱。

　　"是的。人类在这次世界中损失惨重，可是那又怎样？人类不应该被摧垮。我们失去了亲人，我们找不到自己的家，我们感到一无所有，可是那又怎样？我的父母也在全面崩坏中遇难，是的。有很多想说的话，想做的事，确实是再也做不到了。"

"但是人啊，总该要有希望。20 世纪最伟大的物理学家之一，史蒂芬·霍金曾经说过——'只要有生命的地方，就一定会有希望。'我曾经不明白这句话的意思，就像不明白月亮对于我的意义一样。而我现在大概能明白一些了。或许你正因为失去亲人而悲伤，或许你觉得自己一无所有，又或许你也像曾经的我一样，面对未来漫漫长路不知何去何从。大部分人都会有这样绝望的一刻，可这样的时刻就是决定你是成是败的关键。我们活着就是为了活着，人只要还活着，就有选择美好未来的能力。如果你正身处黑暗，请相信光，不管那道光芒有多么微弱渺小，只要它存在眼前，就有希望。"

安生说完久久地仰望天空，淡淡的上弦月挂在天空最显眼的位置。耳边震耳欲聋的掌声好像在渐渐变小，安生感到一种奇妙到无法名状的感觉。像是喜悦，但也有点骄傲，偏要用什么来形容的话，他愿意把它比作白开水。安生想，这就是希望的模样。

该来的人总会归来，就算不是用拥抱的方式。透过远处的废墟，安生看到了人类崭新的希望。